KB262781

무정도

임영기 新무협 판타지 소설

FANTASTIC ORIENTAL HEROES

무정도 6
임영기 新무협 판타지 소설

초판 1쇄 찍은 날 § 2013년 12월 5일
초판 1쇄 펴낸 날 § 2013년 12월 12일

지은이 § 임영기
펴낸이 § 서경석

편집부장 § 권태완
편집책임 § 박가연

펴낸곳 § 도서출판 청어람
등록번호 § 제1081-1-89호
등록일자 § 1999. 5. 31
어람번호 § 제2-2434호

주소 § 경기도 부천시 원미구 심곡2동 163-2 서경B/D 3F (우) 420-822
전화 § 032-656-4452팩스 § 032-656-4453
http://www.chungeoram.com
E-mail § chungeorambook@daum.net

ⓒ 임영기, 2013

ISBN 978-89-251-3600-4 04810
ISBN 978-89-251-3463-5 (세트)

무정도(無情刀)

임영기 新무협 판타지 소설

FANTASTIC ORIENTAL HEROES

6

혈풍(血風) 연풍(戀風)

무정도
武情刀

目次

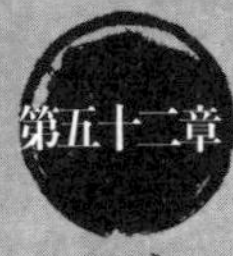

第五十二章

소리장도(笑裏藏刀)

―웃음 속에 칼을 감춘다

팔신궁 본궁은 북경 외성(外城) 남문인 영정문(永定門)으로
들어서 좌측의 선농단(先農壇)을 지나 이백여 장쯤 가다 보면
천교(天橋)가 나오는데 그 옆 대로변에 위치해 있다.
　팔신궁 전문 좌우로 삼백여 장 이내에는 일체 다른 건물이
없으며 점포 따윈 더더욱 없다.
　전문을 중심으로 좌우 백오십여 장이 팔신궁의 높고 튼튼
한 담이기 때문이다.
　점포 같은 일반 건물들은 팔신궁의 담이 끝나는 곳부터 늘
어서 있다.

팔신궁 오 장의 높은 담에 가려서 가까이에서는 안쪽이 일체 보이지 않았다.

"저기 저 사람입니다."

주루 일 층 창가에 마주 보고 앉아 있는 두 사람 중에서 한 명이 창밖을 가리키면서 소곤거렸다.

"황삼(黃衫)을 입고 머리가 벗겨진 중년인 말입니다."

쾌도비는 맞은편에 앉은 갈의 청년이 가리키는 사람을 주시하며 살펴보았다.

툭!

쾌도비는 갈의 청년 앞 탁자에 묵직한 돈주머니를 던져 주고 일어섰다.

"저 사람을 미행하시려는 겁니까?"

갈의 청년이 돈주머니를 손바닥에 올려놓고 툭툭 쳐올리면서 무게를 가늠하며 말하자 쾌도비는 나가려다가 멈추고 그를 쳐다보았다.

갈의 청년은 쾌도비의 무표정한 얼굴과 무엇을 생각하는지 알 수 없는 깊은 눈빛을 보고는 움찔 몸을 떨었다. 그 순간 그는 돈만 받고 말 것이지 어째서 괜히 참견을 했는지 후회가 들었으나 이미 엎질러진 물이다.

또한 그는 자신의 본능적인 예감을 믿었다. 그것에 의하면 지금 눈앞에 있는 이 신비한 사내는 매우 짭짤한 돈줄이 돼줄 것 같았다.

하지만 입을 잘못 놀리거나 신비한 사내가 시도하려는 모종의 일에 자칫 아는 체를 했다가는 쥐도 새도 모르게 죽음을 당할 수도 있다.

갈의 청년 맹탁(猛卓)이 먹고살기 위해 시골에서 무작정 북경으로 와서 오 년 만에 그나마 코딱지만 한 하오문의 우두머리가 될 수 있었던 것도 따지고 보면 그의 본능적인 예감 같은 것이 큰 몫을 한 덕분이었다.

"저자에 대해서는 제가 꽤 많은 것을 알고 있습니다."

맹탁은 신비한 사내가 자신을 어떻게 처리할지 결정을 내리기 전에 선수를 쳐야 한다고 판단했다. 즉, 자신이 매우 쓸모 있다는 점을 강조하는 것이다.

"저자의 집을 아느냐?"

쾌도비의 나직한 말에 맹탁은 환한 표정을 지었다.

"물론입니다. 모르긴 해도 무사께서 원하시는 거의 모든 것을 제가 알고 있을 것 같습니다만……."

쾌도비는 다시 자리에 앉아 맹탁을 응시했다.

"너를 고용하겠다."

그는 아까 팔신궁에 도착하여 주위를 배회하면서 어떻게 하면 팔신궁 만신당 휘하의 인물에게 접근할 수 있을까를 궁리하다가 전문 근처에서 몇 명의 강호인을 상대하고 있는 비교적 깔끔한 옷차림과 영민한 외모의 청년, 즉 맹탁을 발견했었다.

팔신궁은 사신의 다른 방파나 문파들처럼 모든 강호인이 살아생전에 한 번쯤은 와서 구경하고 싶어 하는 성지(聖地)와도 같은 곳이다.

이곳에 한 번 와서 둘러봤다는 별것 아닌 경험 덕분에 고향으로 돌아가면 작은 영웅 대접을 받는 일이 허다하다.

쾌도비는 강호인들에게 팔신궁에 대해서 조목조목 설명하는 맹탁이 꽤나 해박하다고 판단하여 그에게 한 가지 부탁을 했었다.

팔신궁 만사당주가 누군지 가르쳐 주면 마땅한 사례를 하겠다는 것이었다.

그렇게 해서 정확하게 만사당주를 지적해 주었고 그 대가로 쾌도비가 조금 전에 그에게 준 것은 구리돈 오십 냥, 즉 은자 한 냥이었다.

그 정도면 맹탁이 팔신궁 전문 근처에서 강호인들에게 입이 닳도록 설명을 해주고 한나절 동안 버는 구리돈 열 냥의 다섯 배에 달한다.

조금 전에 맹탁이 가리킨 자가 바로 팔신궁 만사당주 경혼검(驚魂劍) 문정호(文正豪)였다.

그자의 집을 알면 밤중에 잠입해서 제압하여 필요한 정보를 얻어내는 방법이 있다.

하지만 의외의 변수가 일어날 수도 있다. 팔신궁 만사당주쯤 되면 결코 호락호락한 인물이 아닐 테니 제압하는 데 애를 먹을지도 모른다.

설혹 제압을 했다고 해도 그다음에 그에게 실토를 받아내고 또 그를 처리하는 문제가 남는다.

현재 팔신궁이 혈안이 되어 무정도를 찾고 있는데 팔신궁의 세력권 한복판에서 또 다른 문제를 일으키는 것은 지양하는 것이 좋다.

그래서 쾌도비는 어쩌면 다른 방법을 사용할 수도 있지 않을까 해서 맹탁을 고용하려는 것이다.

"하루에 얼마를 주시겠습니까?"

"얼마를 원하느냐?"

"은자 석 냥입니다."

맹탁은 제 딴에는 세게 불렀다는 생각을 하면서 쾌도비를 조심스럽게 바라보았다.

만약 그가 많다고 하면 두 냥으로 깎을 생각을 했다. 그래도 구리돈 백 냥이니 그게 어디냐.

"알았다."

쾌도비가 선선히 승낙하자 맹탁의 얼굴이 환해졌다.

쾌도비는 팔신궁 만사당주인 경혼검 문정호를 따라가다가
오른쪽 옆으로 다가갔다.

"실례하겠소."

대머리에 당당한 체구를 지니고 어깨에 칙칙한 색의 검 한
자루를 멘 문정호는 쾌도비를 힐끗 쳐다봤지만 무슨 일이냐
고 묻지 않았다.

"얘기를 나누고 싶소."

쾌도비는 밑도 끝도 없이 불쑥 요구했다.

문정호는 계속 걸으면서 자신보다 머리가 하나 반쯤 더 크
고 후리후리한 쾌도비를 보며 입술을 거의 움직이지 않으면
서 물었다.

"나를 아오?"

"팔신궁 만사장로(萬事長老)라고 들었소."

"어… 허허허! 만사장로라고?"

팔신궁에는 다섯 명의 장로가 있으며 팔신궁에서 삼십 년
이상 몸담고 있으면서 경험이 풍부한 당주가 장로로 추천을
받는다.

문정호의 꿈이 장로, 즉 팔신장로(八神長老)가 되는 것이며
또한 술을 매우 좋아한다는 사실을 쾌도비는 조금 전에 맹탁
에게 들었다.

맹탁의 귀띔은 유용했다. '장로'라는 호칭에 문정호는 기분이 좋아져서 약간 경계를 푸는 듯했다.

하긴 북경은 팔신궁 본궁이 있는 팔신궁 천하인데 당주쯤 되는 인물이 무엇을 두려워하고 경계하겠는가.

"용무가 뭔가?"

문정호는 상대가 이십대 초반의 청년쯤으로 보이자 대뜸 하대를 했다.

그만큼 경계심이 없어졌으며 자신이 장로가 된 듯한 기분에 거드름을 피우는 것이다.

"나는 팔신궁의 명성을 듣고 견학을 하기 위해서 낙양에서 온 도비(刀飛)라는 사람이오만, 북경 사람들에게 물어보니까 만나는 사람마다 팔신궁에 대해서 만사장로보다 더 해박한 분은 없을 것이라고 입을 모았소."

"그건 그렇지."

문정호는 기분이 조금 더 좋아졌다.

"그래서 만사장로에게 술을 대접하면서 팔신궁에 대한 좋은 애기들을 들어볼까 하는 것이오."

"술이라……."

지금 시각은 집에 귀가하여 저녁을 먹어야 할 때라서 배가 매우 출출하던 차에 술 애기를 들으니까 문정호는 귀가 번쩍 뜨였다.

　문정호 같은 취중무천자(醉中無天子)가 공짜 술을 마다할
리가 없다.

　더구나 자신을 ‘장로’라고 불러주는 호감이 가는 청년 고
수의 청이지 않은가.

　“흠. 하긴 출출하기도 하고…….”

　그는 이윽고 걸음을 멈추고 적당한 주루를 찾는 듯 대로 양
쪽을 두리번거렸다.

　“이왕이면 좋은 곳으로 갑시다.”

　“좋은 곳 어디 말인가?”

　“가보면 아오.”

　“여기는…….”

　쾌도비에게 이끌려서 온 문정호는 눈을 커다랗게 뜨고 전
면을 바라보았다.

　황궁인 자금성은 폭이 넓은 해자(垓字)와 여러 개의 호수로
둘러싸여 있으며, 지금 쾌도비와 문정호가 서 있는 곳은 자금
성 서쪽에 나란히 있는 세 개의 호수 중에 가장 북쪽의 북해(北
海)다.

　인공 호수이며 경치가 최상인 아름다운 북해는 남북으로
길쭉하며 길이가 이 리, 폭이 일 리 정도이며 가운데에 아담
한 섬인 화도(花島)가 있다.

화도에는 북경 최고의 기루 세 곳이 자금성이 있는 동쪽을 제외한 방향에 위치해 있다.

화도삼루(花島三樓)라고 불리는 그곳들은 북경 최고의 기루로서, 한 번 술을 마시는 데 최소 은자 백 냥에서 수백 냥까지 들며 천하에서 골라온 매우 아름다운 기녀들이 손님들을 맞이한다.

그렇기 때문에 황도인 북경에서도 화도삼루에 가본 사람이 극히 드물며 먼 곳에서도 화도삼루의 소문을 듣고 많은 사람이 몰려든다.

쾌도비는 미리 맹탁을 시켜서 화도삼루의 한곳에 예약을 해두라고 지시해 놓았다. 그는 예전에 북경에 살았었기 때문에 화도삼루에 대해서 자세하게는 몰라도 어떤 곳인지는 알고 있었다.

오늘 밤에 은자 수백 냥이 깨지더라도 목적한 정보를 얻어내기만 하면 추호도 아깝지 않다.

"여보게, 여기는 화도삼루가 아닌가?"

문정호는 쾌도비가 데려온 곳이 화도삼루라는 사실을 깨닫고 매우 놀랐다.

"만사장로와 대작을 하려면 이쯤은 돼야 예의에 어긋나지 않는다고 들었소."

"어허……."

문정호는 북경에 살면서도 화도삼루에서는 한 번도 술을 마셔본 적이 없었다.

팔신궁의 다른 당주들은 명예와 위세가 대단해서 북경의 많은 실력자가 술대접을 하려고 줄을 서 있으니 그들은 화도삼루를 제집 안방 드나들듯이 한다는 소문을 들었다.

그러나 같은 당주이지만 문서 따위나 만지는 만사당의 당주인 그에게는 평범한 주루에서나마 술대접을 하겠다는 사람마저도 없는 형편이다.

그런데 그에게도 마침내 화도삼루에서 술을 마셔볼 기회가 찾아온 것이다.

"들어갑시다."

쾌도비는 앞장서서 화도로 뻗어 있는 운교(雲橋) 위로 올라서 걸었고 문정호는 주춤거리면서도 흐뭇한 얼굴로 뒤를 따르며 시골 사람처럼 두리번거렸다.

북해의 그윽한 밤 풍경이 한눈에 내려다보이는 기루 적월루(赤月樓) 삼 층의 어느 방에서 쾌도비와 문정후가 마치 오랫동안 알고 지낸 사이처럼 화기애애한 분위기 속에 술을 마시고 있다.

문정호는 호색한은 아니지만 옆에 아리따운 기녀가 그윽한 향기를 풍기면서 찰싹 달라붙어 온갖 시중을 들며 나긋나

굿하게 구니까 음심이 동하는지 이따금 그녀를 어루만지면서 욕정 어린 눈빛을 보내기도 했다.

"허허허… 그래, 도 아우. 팔신궁에 대해서 더 알고 싶은 게 있나?"

기분 좋게 취한 문정호는 기녀의 허리에 한쪽 팔을 두른 채 술잔을 들고 만면에 웃음을 지으며 맞은편에 앉은 쾌도비를 쳐다보았다.

이곳 적월루에 들어와 자리를 잡은 지 한 시진 동안 문정호는 술값을 하려는 듯 팔신궁에 대해서 이것저것 상세하게 설명을 해주었다.

쾌도비는 시시콜콜한 설명을 듣는 것이 일견 귀찮기도 했지만 팔신궁에 대한 새로운 사실들을 알게 되는 것이라서 잠자코 듣기만 했었다.

그런데 드디어 문정호가 먼저 팔신궁에 대해서 더 알고 싶은 것이 없느냐고 물어왔다.

쾌도비가 먼저 그 얘기를 꺼내는 것보다는 문정호가 물을 때 넌지시 말하는 것이 좋다.

"내가 어렸을 때 잠시 친하게 지냈던 팔신궁 사람이 있는데 그가 지금은 뭘 하고 있는지 궁금하오."

말주변이 없는 쾌도비는 원래 말을 에둘러서 하지 못하기에 아예 단도직입적으로 본론을 꺼냈다.

“호오… 그래. 그가 누군가?”

문정호는 자신이 알려줄 얘기가 하나 더 생겼다는 사실에 기쁜 표정을 지었다.

쾌도비는 그가 옆의 기녀를 매우 마음에 들어 하는 걸 보고 기녀에게 넌지시 말했다.

“너는 오늘 밤에 만사장로님을 각별히 모시도록 해라.”

철렁!

그러면서 품속에서 작은 돈주머니 하나를 꺼내 기녀 앞에 던져 주었다.

기녀는 반색을 하며 돈주머니를 집어 안에 이십 냥 정도의 은자가 들어 있는 것을 확인하고는 일어나서 날아갈 듯이 절을 했다.

“천첩 정성을 다해서 모시겠어요.”

“내가 아니라 만사장로님이시다.”

“네에!”

문정호는 기녀가 돈주머니를 열어 확인할 때 슬쩍 들여다보고는 쾌도비의 배포에 적잖이 놀라고 또 자신을 위해서 이처럼 호의를 베푸는 것에 간이며 쓸개를 다 빼줄 것 같은 기분이 들었다.

“도 아우가 어렸을 때 알고 지냈던 팔신궁 사람이 누구인지 말해주게.”

그래서 그는 쾌도비가 궁금해하는 것을 빨리 말해줘야겠다고 생각했다.

쾌도비는 자정이 넘어서야 적월루를 나섰다.

많이 취한 문정호가 기녀의 부축을 받으면서 침실로 들어가는 것을 확인하고 나온 것이다.

결론적으로 말하면 문정호는 쾌도비가 알고자 하는 것을 기억하고 있지 못했다.

그래서 내일 팔신궁에 들어가 기록을 살펴본 후에 다시 만나서 말해주기로 약속했다.

쾌도비는 자신이 집요하지 않다는 것을 알려주기 위해서 문정호에게 너무 애쓰지 않아도 된다고 말했으나 그는 하늘이 두 쪽이 나는 한이 있어도 반드시 알아내 주겠다고 거듭 약속했다.

"대인."

대로 건너 으슥한 골목 어귀에서 기다리고 있던 맹탁이 재빨리 달려와서 허리를 굽혔다.

그는 쾌도비에게 고용된 순간부터 그를 '대인' 이라고 불렀다.

쾌도비는 아까 맹탁에게 북경에서 제일 좋은 기루를 예약해 두고 또 계산을 하라고 은원보(銀元寶) 오백 냥짜리를 하나

주었었다.

오백 냥으로 문정호에게서 원하는 정보를 얻어낸다면 그보다 좋을 수 없다고 생각했다.

그러므로 맹탁이 기루의 계산을 치르고 남은 돈을 갖고 사라졌다고 해도 일부러 그를 찾아내거나 나무랄 마음 같은 것은 없었다.

그런데 그는 화도 건너에서 쾌도비를 내내 기다리고 있다가 달려온 것이다.

"여기 남은 돈입니다."

맹탁은 비단주머니를 두 손으로 공손히 내밀었다.

쾌도비가 비단주머니를 받아서 무게를 가늠해 보니까 약 이백 냥 정도다.

맹탁에게는 대단한 거액일 텐데 남은 돈을 고스란히 가져왔다는 사실에 쾌도비는 신선한 충격을 받았다.

쾌도비는 비단주머니에서 달랑 은자 한 냥을 꺼내 맹탁에게 주었다.

"고맙습니다."

맹탁은 은자 한 냥을 두 손으로 받아 쥐고는 기뻐서 헤벌쭉한 표정을 지었다.

그는 밑바닥에서 굴러먹는 생활을 하면서도 굳은 신의를 지니고 있으니 요즘 세상에 보기 드문 청년이다.

적월루에서 쓰고 남은 돈을 맹탁이 갖고 사라질 것까지 계산해 두었던 쾌도비가 그에게 달랑 은자 한 냥만 준 것에는 이유가 있다.

맹탁이 기루에서 쓰고 남은 돈을 갖다 준 것은 당연한 일인데 그것에 대해서 크게 사례를 하면 당연한 일에 사례를 한 꼴이 된다.

또한 그는 하루에 은자 석 냥을 받고 쾌도비에게 고용되었으므로 그것으로 일당은 지불되는 셈이다.

"오늘 밤 어디 주무실 곳이 있으십니까?"

"이제 찾아봐야지."

"이 시각에는 객잔이 모두 문을 닫았을 것입니다. 하지만 제가 괜찮은 객잔을 예약해 두었습니다. 가시지요."

맹탁은 볼수록 눈치가 빠르고 기특한 놈이다.

그는 이십이삼 세 정도의 나이에 밑바닥에서 굴러먹는 놈답지 않게 희고 해사한 용모를 지니고 있다. 그래서 옷만 잘 입혀놓으면 어느 공자처럼 보일 듯했다.

두 사람이 북해에서 인적이 거의 끊어진 서안대로(西安大路)를 따라 중해 쪽으로 가고 있을 때 다른 길 쪽에서 하나의 작고 검은 인영이 이쪽으로 달려오며 맹탁을 불렀다.

"혹시 맹 대가예요?"

여리고 가냘픈 소녀의 목소리에 이어서 목소리보다 더 연약해 보이는 십사오 세쯤의 어린 소녀가 달려왔다.

"소아(小雅)야, 여긴 웬 일이냐?"

맹탁은 불길한 예감이 든 표정으로 어린 소녀 소아의 양어깨를 붙잡았다.

쾌도비가 보기에 소아는 비루먹은 강아지 같은 애처로운 모습을 하고 있었다.

어린 시절에 가난한 생활을 오래 해본 그는 소아가 순전히 제대로 먹지 못해서 야위어 이런 모습이 됐다는 것을 한눈에 알아보았다.

"맹 대가, 큰일 났어요. 다들 흑랑문(黑狼門)에 끌려갔어요. 어쩌면 좋아요?"

"뭐어?"

소아가 흐느껴 울면서 매달리며 하소연하듯이 말하자 맹탁의 안색이 해쓱해졌다.

흑랑문이라는 말을 듣고 쾌도비는 어찌 된 일인지 대충 짐작이 갔다.

그는 어렸을 때 북경에 살았던 적이 있었고 살던 곳 근처에 흑랑문이라는 하오문이 있었다는 것을 기억하고 있다.

아니, 기억하고 있는 정도가 아니라 흑랑문은 그가 살던 거리의 지배자였었다.

그와 누나는 워낙 가난해서 직접적인 피해를 입지는 않았었으나, 거리의 수많은 성민이 흑랑문 때문에 눈물과 한숨이 그칠 날이 없었다.

북경 외성 동쪽 대석교(大石橋) 일대 점포를 갖고 있는 수백 명의 상인에게는 보호비와 영업세라는 것을 강제로 받아냈다.

뿐만 아니라 일반 성민들에게는 거리를 지나다니는 통행세, 살고 있는 집에 대한 주거세 따위를 받아서 챙겼다. 그것은 착취나 다름이 없었다.

흑랑문은 관리들에게 뇌물을 바치기 때문에 관에서는 흑랑문의 만행을 모른 체했다.

"으흑흑! 아까 저녁나절에 흑랑문 사람들이 와서 오빠와 동생들을 마구 때리고는 개처럼 끌고 갔어요. 저는 그때부터 맹 대가를 찾으러 성내를 돌아다녔어요."

소아는 맹탁에게 안겨서 눈물 콧물 흘리며 서럽게 울었다.

맹탁의 얼굴에 절망적인 표정이 떠올랐다. 흑랑문은 지난 달부터 맹탁에게 흑랑문 아래로 들어오라고 협박을 했었고 맹탁은 거절을 했었는데 결국 일이 터지고 말았다.

맹탁네는 전체 인원이 열두 명에 불과한 하오문이라고 하기에도 어설프기 짝이 없는 코딱지만 한 조직이다.

그래도 열두 명이 맹탁을 중심으로 똘똘 뭉쳐서 한 가족처럼 끈끈하게 살아왔었다.

"하아… 이거 참……."

안색이 창백해진 맹탁은 소아를 부둥켜안은 채 어쩔 줄 모르고 한숨만 내쉬었다.

그러다가 우두커니 서 있는 쾌도비를 발견하고 자신이 무엇을 하던 중이었는지 깨달았다.

"아! 죄송합니다. 가시죠, 객잔으로 모시겠습니다."

그는 이런 상황에서도 자신이 해야 할 일을 잊지 않았다. 쾌도비를 얼른 객잔에 데려다주고 나서 흑랑문에 끌려간 동료들에 대해서 방법을 강구해야겠다고 생각했다.

맹탁이 품에서 소아를 떼어내자 그녀는 눈물을 닦고 나서 쾌도비에게 두 손을 앞에 모으며 공손히 허리를 굽혔다.

"안녕하세요, 소아예요."

쾌도비는 그녀의 인사를 받는 둥 마는 둥 잠시 뭔가 생각하다가 맹탁을 조금 도와주기로 결정했다.

그가 흑랑문을 혼내주고 끌려간 맹탁의 동료들을 구해주는 것은 손바닥을 뒤집는 것처럼 간단한 일이다.

그가 잠시 시간을 내서 도움을 주는 것만으로 맹탁과 동료들은 절망에서 벗어날 수 있을 터이다.

그가 오늘 한나절 겪어본 바에 의하면 맹탁은 조금쯤 도와

줄 가치가 있는 자이다.

"흑랑문에 가자."

"에?"

쾌도비가 흑랑문이 있는 대석교 쪽으로 성큼성큼 걸어가
자 맹탁은 깜짝 놀라 우두커니 서 있다가 소아의 손을 잡고
부리나케 뒤쫓았다.

"제 아우들을 구해주시려는 겁니까?"

"그렇다."

"아아……."

맹탁은 크게 감격했으나 곧 쾌도비의 앞을 가로막았다.

"대인, 그렇지만 흑랑문은 함부로 건드릴 문파가 아닙니
다."

쾌도비는 걸음을 멈추었다.

"흑랑문은 하오문이 아니냐?"

"그렇습니다만 흑랑문은 북경에서 세 손가락에 꼽힐 정도
로 세력이 큽니다. 난다 긴다 하는 놈이 백여 명이나 있습니
다요."

맹탁은 두 손을 맞잡고 허리를 굽실거렸다.

"도와주시려는 마음은 고맙지만 대인 혼자서 그놈들을 상
대하는 것은 무리입니다."

쾌도비는 도와준다고 하면 맹탁이 무조건 감지덕지할 줄

알았는데 오히려 염려해 주는 것을 보고는 그의 사람됨을 제대로 알게 되어 더 도와주고 싶은 마음이 생겼다.

"가자."

창전초부제(窓前草不除)

—창 앞에 돋은 풀은 뽑지 않는다

예전의 흑랑문은 삼십여 명 남짓의 그저 그런 하오문이었
으나 그동안 세력을 넓혀서 북경에서 세 손가락 안에 꼽힐 정
도로 커져 있었다.

문파도 원래 있던 좁은 집에서 제법 그럴싸한 장원으로 이
사를 했으며, 전문 위 현판에는 '흑랑대세(黑狼大勢)'라는 하
오문하고는 어울리지 않는 멋진 글이 적혀 있었다.

"제가 모시겠습니다."

맹탁은 급히 소아를 어두운 골목 안에 데려다놓고 나서 달
려와 앞장섰다.

"물러서라."

맹탁이 흑랑문의 전문을 두드리려고 다가가는 걸 보고 쾌도비가 짧게 말했다.

맹탁은 쾌도비가 전문으로 성큼성큼 걸어가자 어쩌려는 것인지 의도를 짐작하지 못했다.

쾌도비는 걸어가면서 발길로 전문을 냅다 걸어찼다.

우지끈!

커다랗고 단단한 전문은 발길질 한 번에 여러 조각으로 흩어져 박살 났다.

맹탁은 눈을 휘둥그렇게 뜨고 대경실색하면서 그제야 비로소 쾌도비가 일류고수라는 사실을 깨닫고 급히 그의 뒤를 따랐다.

전문이 부서지는 굉음에 놀란 흑랑문 졸개들이 잠에서 깨어나 여기저기에서 꾸역꾸역 걸어 나왔다.

척!

쾌도비는 전문 안쪽 바닥에 떨어져 있는 두어 자 남짓의 단단한 막대기 하나를 주워서 왼손으로 잡았다.

뒤따르는 맹탁을 그걸 보고 한 가지 사실을 깨달았다. 쾌도비 오른쪽 어깨에 멋진 한 자루 도가 메어져 있는 것을 보면 그는 오른손잡이가 분명하다.

그런데도 왼손으로, 게다가 도를 뽑지 않고 막대기를 쥔 것

을 보면, 흑랑문의 하오문도들을 죽이지 않고 혼만 내주려는
의도인 것 같았다.

말하자면 그는 함부로 살인을 하는 사람이 아니거나 하오
문도들은 죽일 가치가 없다고 생각하는 듯했다.

"어엇! 전문이 부서졌다!"

"웬 놈이냐?"

"침입자다! 죽여라!"

잠깐 사이에 쏟아져 나온 수십 명의 하오문도는 거침없이
들어서고 있는 쾌도비와 맹탁, 그리고 전문이 박살 난 것을
발견하고 저마다 시끄럽게 떠들더니 여러 가지 무기를 움켜
쥐고 사방에서 우르르 달려들었다.

겁이 난 맹탁은 쾌도비 뒤에 바짝 따라붙으면서 자신도 무
기가 될 만한 것을 갖추지 않은 것을 후회했다.

하오문도들은 침입자가 달랑 두 명뿐이라는 사실을 확인
하고는 가소롭다는 듯 거리낄 것 없이 제멋대로 무기를 휘두
르면서 공격해 왔다.

하지만 쾌도비 눈에는 하루살이들이 귀찮게 앵앵거리는
것처럼 보였다.

따따딱! 빠빠빡!

"왁!"

"크액!"

"캐액!"

쾌도비 왼손의 막대기가 번뜩이면서 눈부시게 허공을 가르자 공격하던 자들이 타작마당에 콩깍지 날아가듯이 한꺼번에 우르르 쓰러졌다.

쾌도비는 하오문도들을 상대하려고 북두인 같은 초식을 사용하지도 않았다.

그저 공격해 오는 자들의 무기를 쥐고 있는 어깨를 막대기로 빠르게 내려칠 뿐이다.

뒤따르는 맹탁은 넋을 잃었다. 그의 눈에는 쾌도비가 휘두르는 왼팔과 막대기가 보이지도 않았다. 이렇게 빠른 동작을 맹탁은 한 번도 본 적이 없었다.

어딜 어떻게 맞았는지도 모르는데 공격해 오는 자들은 처절한 비명을 지르면서 나가떨어졌다.

불과 세 호흡 만에 쾌도비를 공격하던 이십여 명이 모조리 땅바닥에 나뒹굴거나 주저앉아서 어깨를 감싸 안은 채 애처로운 신음을 토해내고 있다.

그리고 다른 수십 명은 감히 공격하지 못하고 멀찍이에서 두려움에 떨면서 쾌도비의 눈치만 살피고 있다.

그때 마당 건너편 전면의 전각 입구에서 한 무리의 하오문도가 우르르 쏟아져 나오더니 잠시 후 쾌도비 앞에 무질서하게 멈춰 섰다.

"대인, 흑랑문주입니다."

쾌도비가 전면 다섯 걸음 거리에 멈춰 서 있는 무리 한가운데 야수처럼 생긴 사십대 중반의 인물을 쳐다보고 있는데 뒤에서 맹탁이 떨리는 목소리로 설명했다.

그자는 다른 하오문도들과는 달리 강호인의 흉내를 낸 옷차림이었다.

즉, 깨끗한 백의 경장에 어깨에는 멋들어진 검까지 메고 있는 모습이며 그자가 바로 흑랑문주다.

대부분의 하오문도, 그중에서도 우두머리들이 꿈속에서도 애타게 갈망하듯이 흑랑문주도 이렇게나마 강호인이 되고 싶었던 모양이다.

흑랑문주는 제법 의연한 자세로 쾌도비를 주시하면서 긴장된 표정을 감추지 못하며 물었다.

"귀하는 누군데 야밤에 본 문에 찾아와서 행패……."

한눈에도 쾌도비가 범상치 않은 인물이라고 짐작했기에 말투가 공손했다.

"끌고 온 사람들을 내놔라."

쾌도비는 귀찮다는 듯 그의 말을 툭 잘랐다.

흑랑문주는 쾌도비의 무례함에 기분이 상했으나 그에게 당한 수하들이 바닥에 주저앉아서 끙끙 앓는 소리를 내는 광경을 보고는 함부로 발작하지 못했다.

"내놓지 않으면 다 죽이겠다."

흑랑문주는 상대가 진짜 강호인이며 그것도 굉장한 인물이라는 것을 한눈에 알아보았다.

어깨에 도를 메고 있으면시도 한낱 막대기로 수하 수십 명을 한결같이 어깨를 때려서 박살 낸 것이나, 태산이 무너져도 끄떡하지 않을 초연함과 무표정은 흑랑문주가 삼생(三生)을 산다고 해도 절대로 흉내조차 내지 못할 것들이다.

흑랑문의 무차별적인 무력 앞에서 힘없는 백성들이 당할 수밖에 없었던 것처럼, 하오문도들은 진짜 강호인 앞에서 호랑이 앞의 강아지처럼 꼬리를 내리는 것이 최선이다.

흑랑문주는 자신을 비롯한 수하들이 한꺼번에 덤벼도 진짜 강호인의 상대가 되지 못할 것이라는 판단을 내렸다.

"뭘 꾸물거리는 것이냐? 어서 그들을 데려와라!"

그는 애꿎은 수하들에게 버럭 고함을 질렀다.

잠시 후에 하오문도들이 남루한 옷차림의 열 명을 마당으로 데리고 나왔다.

그들은 대부분 십삼사 세에서 십팔구 세까지의 소년이며 계집아이도 세 명이 섞여 있었다.

그런데 그들의 꼬락서니가 말이 아니다. 마구 찢어진 옷은 그렇다고 쳐도 얼굴이며 손이 터져서 피투성이에 시퍼렇게 멍이 든 처참한 몰골이다.

흑랑문 하오문도들에게 두드려 맞은 것이 분명한데, 그 모습을 보고 맹탁은 왈칵 눈물을 쏟으면서 그들의 이름을 부르며 달려나갔다.

맹탁을 발견한 소년과 소녀들은 울음을 터뜨리면서 일제히 그에게 안겨 들었다.

그런데 쾌도비는 그들 중에 세 명의 소녀의 하체가 피투성이인 것을 발견하고 눈썹이 꿈틀했다.

그것은 누가 보더라도 소녀들이 겁탈을 당했으며 제대로 뒤처리를 하지 않은 탓에 순결을 잃어 흘린 피라는 것을 알 수 있을 터이다.

"맹 대가… 흑흑흑!"

"대가… 우리는 이제 어쩌면 좋아요……?"

제대로 먹지 못해서 몹시 여윈 세 명의 십오륙 세 남짓의 소녀는 다른 소년들보다 더욱 애틋하게 맹탁의 품을 파고들며 서럽게 울었다.

"너희……."

맹탁은 그제야 세 소녀의 피투성이 하체를 발견하고 망연자실했다가 곧 극도의 분노로 돌변했다.

"이 천하에 찢어 죽일 놈!"

그는 세 소녀를 안고 흑랑문주를 잡아먹을 듯이 무섭게 쏘아보지만 어떻게 하지는 못하고 분노로 몸을 부들부들 떨기만 했다.

흑랑문주는 평소에 코딱지만큼도 여기지 않는 맹탁 같은 놈에게 욕설을 듣고서도 쾌도비의 눈치를 보면서 꾹꾹 눌러 참았다.

그러면서 이 순간이 지나고 며칠 후에 맹탁 떨거지들을 아예 죄다 죽여 버리겠다고 별렀다.

"너, 무릎 꿇어라."

"……."

쾌도비가 갑자기 자신을 가리키자 흑랑문주는 뜨악한 표정으로 그를 쳐다보기만 했다.

여태까지는 참았는데 수십 명의 수하가 보는 앞에서 무릎을 꿇으라니까 울컥 치밀어 올랐다.

"그거 너무한 거 아니오?"

따딱!

"큭!"

다음 순간 흑랑문주는 양쪽 무릎에 화끈한 느낌을 받으면서 그대로 무릎이 꺾였다.

쿵!

"으으……."

무릎을 꿇은 후에 두 손으로 땅을 짚고 일어서려 아무리 애를 써봐도 뜻대로 되지 않았다.

오히려 그는 자신의 두 다리가 무릎에서 부러져서 건들거리고 있다는 사실을 깨닫고는 경악과 분노로 얼굴이 보기 싫게 일그러졌다.

그는 어느새 자신의 앞에 우뚝 서 있는 쾌도비와 그의 왼손에 쥐어져 있는 막대기를 번갈아 쳐다보았지만, 성한 몸으로도 어쩔 수 없었는데 두 다리가 부러진 지금 어떻게 해볼 재간이 없음을 깨달았다.

승—

"맹탁, 이놈의 목을 베라."

그런데 쾌도비는 자신의 창룡도를 뽑아서 맹탁에게 내밀며 나직이 중얼거리는 것이 아닌가.

목이 잘리게 될 흑랑문주를 비롯하여 맹탁과 동생들, 그리고 하오문도들까지 놀라지 않은 사람이 없다.

맹탁이 놀란 얼굴로 자신을 쳐다보자 쾌도비를 묵묵히 고개를 끄떡였다.

맹탁은 마른 침을 꿀꺽 삼키고는 앞으로 나서 창룡도를 받아 들었다.

젊은 그가 두 손으로 들기에도 창룡도는 무척 무거웠으나 이마와 목에 핏대를 세우면서 머리 위로 치켜들었다.

척!

하오문도들은 엄청 놀랐으나 감히 아무도 나서지 못하고

눈치만 살폈다.

"이, 이놈들아! 보고만 있을 거냐?"

흑랑문주는 사색이 되어 두리번거리면서 수하들에게 고래고래 악을 썼다.

따딱!

"허윽!"

쾌도비의 막대기가 또다시 허공을 날아 흑랑문주의 양쪽 어깨를 내려쳐 으스러뜨렸다.

두 다리와 양쪽 어깨가 박살 난 흑랑단주는 꼼짝도 못하고 상체가 앞으로 굽혀져서 자연적으로 목을 늘어뜨리는 자세가 되었다.

파악!

그 순간 맹탁이 있는 힘껏 창룡도를 내리그어 흑랑단주의 목을 단칼에 잘랐다.

툭… 떼구르르…….

흑랑단주의 머리통은 바닥에 떨어져 제멋대로 구르고, 잘린 목에서는 분수처럼 핏물이 뿜어졌다.

시간이 너무 늦은 탓도 있지만, 맹탁이 동생들을 돌봐야 하기 때문에 쾌도비는 예약해 놓은 객잔으로 가지 못하고 그들을 따라갔다.

예상은 하고 있었으나 맹탁과 동생들이 살고 있는 곳은 평범한 집이 아니었다.

커다란 대석교 다리 밑에는 고만고만한 움막들이 게딱지처럼 다닥다닥 붙어 있는데, 그들의 집은 그 움막 중에 하나였으며 그곳에서 가장 컸다.

움막 안은 여러 칸으로 나누어져 있으며 한가운데에 모두 모여서 식사를 하는 등의 공동 공간이 있었다.

그런데 움막 안이 태풍을 맞은 듯 난장판이다. 바닥에는 찬장이 쓰러져 있고 이불이나 온갖 그릇과 솥 따위가 찌그러진 채 나뒹굴어 있으며, 움막도 군데군데 찢어져서 한겨울의 칼바람이 매섭게 새어 들어왔다.

흑랑문의 하오문도들이 들이닥쳐서 소년소녀들을 끌고 가는 과정에 이 지경이 돼버린 것이다.

맹탁을 제외한 소년소녀들은 이런 일에 이골이 났는지 묵묵히 정리를 하기 시작했다.

"대인, 나가시죠. 지금이라도 객잔으로 모시겠습니다."

그런데도 맹탁은 쾌도비의 잠자리 걱정을 먼저 했다. 지금 그에게 쾌도비는 돈을 벌게 해줄 물주가 아니라 동생들을 사지에서 구해준 하늘같은 은인이다.

"여기에선 잘 수가 없겠구나."

"물론입니다. 어서 가시죠."

쾌도비가 움막 안을 둘러보며 중얼거리자 맹탁은 서둘러 움막을 나서려고 했다.

"다들 함께 가자."

그런데 쾌도비는 뜻밖에도 소년소녀들을 둘러보며 말했다.

"대인……."

"너는 눈이 없느냐? 이런 곳에서 자다가는 다들 얼어 죽기 십상이다."

쾌도비의 꾸지람에 맹탁은 착잡한 표정으로 움막 안을 둘러보았다.

여기저기 움막의 찢어진 틈새로 차가운 바람이 스며들고 있으며, 무엇보다 큰일은 공동 공간에 있는 커다란 화로가 박살 나서 불을 피울 수 없다는 사실이다.

움막의 얇은 천이 한겨울에 얼마나 한기를 막아주겠는가. 그나마 여태까지는 화로가 뿜어내는 온기 때문에 추위를 견뎠었는데 오늘 밤은 그러지도 못할 형편이다.

쾌도비 말마따나 이곳에서 자다가는 몇 명쯤 동사를 당하고 말 것이다.

"그렇지만……."

그렇다고 해도 맹탁은 선뜻 따라나서지 못하고 머뭇거렸다. 더 이상 신세를 지는 것이 너무 염치가 없기 때문이다.

그렇지만 지금으로선 달리 방법이 없으므로 맹탁은 지그시 입술을 깨물면서 결심했다.

앞으로 쾌도비를 위한 일이라면 목숨마저도 서슴없이 내놓을 것이라고.

쾌도비는 다치고 피곤한 소년소녀들을 이끌고 멀리까지 갈 수가 없어서 근처의 가장 가까운 객잔으로 갔다.

쿵쿵쿵쿵!

객잔의 문을 부서질 듯이 열 번 이상 두드려서야 주인과 점소이가 자다가 깬 부스스한 얼굴로 문을 열었다.

"이 늦은 시각에 무슨 일로……."

주인은 말하다가 쾌도비와 그 뒤에 올망졸망 서 있는 열두 명의 꾀죄죄한 행색의 군상을 보고는 어떻게 된 일인지 알아차리고 말끝을 흐렸다.

"아… 아이고… 안 됩니다."

주인은 두 손을 마구 저어댔다.

"돈을 받고 방을 내주겠느냐? 아니면 죽겠느냐?"

쾌도비는 무표정한 얼굴로 작달막한 주인을 내려다보며 윽박질렀다.

주인은 쾌도비의 기세에 잔뜩 겁을 먹었다.

"방을… 드리겠습니다……."

쾌도비가 품속에서 돈주머니를 꺼내자 맹탁이 빠르게 옆으로 다가와 주인에게 말했다.

"방 네 개에 은자 한 냥. 목욕 포함해서."

쾌도비는 넉넉하게 은자 열 냥쯤 주려고 했었다. 요즘 시세를 몰라서가 아니라 이런 늦은 시각에 그것도 거지나 다름이 없는 아이들을 끌고 왔기 때문에 조금 미안한 마음이 들어서였다.

그런데 맹탁이 그것을 미리 알아차리고 한 푼이라도 아끼려고 주인과 흥정을 한 것이다.

"알… 았다."

주인은 못마땅한 듯 맹탁을 힐끗 쏘아보고 나서 마지못해 고개를 끄떡였다.

객방 하나에 구리돈 닷 냥이니까 네 개면 스무 냥이고, 열두 명이 목욕을 한다고 해도 닷 냥쯤 더 주면 된다. 그래 봐야 다 합쳐서 스물 닷 냥 정도인데, 구리돈 오십 냥 가치의 은자 한 냥을 낸다면 주인으로선 곱절이나 남는 장사라서 마다할 이유가 없다.

맹탁은 소년소녀들을 다 씻기고 나서 맛있는 요리를 배불리 먹였다.

쾌도비가 주인에게 은자 한 냥을 더 주고 요리를 하라고 지시한 덕분이다.

이어서 맹탁은 소년소녀들을 객방에 나누어 재운 후에 쾌도비가 있는 객방 밖에서 조심스럽게 말했다.

"대인, 맹탁입니다."

만약 쾌도비가 대답을 하지 않으면 자는 것으로 알고 자신도 돌아가서 잘 생각이다.

그렇지만 쾌도비가 자지 않기를 바랐다. 그에게 꼭 할 말이 있기 때문이다.

"들어오너라."

다행히 쾌도비의 목소리가 흘러나오자 맹탁은 조심스럽게 문을 열고 실내로 들어섰다.

쾌도비가 침상 위에 가부좌의 자세로 앉아 있는 것을 본 맹탁은 그가 운공조식을 했을 것이라고 짐작했다. 맹탁은 무공은 모르지만 강호나 무공에 대해서 상식적인 것들은 주워들은 지식이 있다.

"무슨 일이냐?"

"대인."

맹탁은 다짜고짜 쾌도비를 향해 바닥에 무릎을 꿇고 머리를 조아렸다.

"대인의 하늘같은 은혜를 소인은 도저히 감당할 능력이 없습니다."

“마음에 두지 마라.”

“그렇지만…….”

“별것 아닌 일이다.”

그 말의 의미를 맹탁은 알고 있다. 흑랑문에서 소년소녀들을 구해주고 맹탁으로 하여금 흑랑문주와 세 명의 소녀를 강간한 하오문도들을 직접 죽일 수 있도록 해준 일이 쾌도비에겐 쉬운 일이었을 것이다.

또한 맹탁과 소년소녀들이 오늘 밤에 다리 밑 움막에서 화로도 없이 잠을 자다가 몇 명쯤 동사를 할지도 모르는데, 쾌도비는 그들을 객잔에서 먹고 자게 해주는 데 은자 두 냥을 선뜻 내주었다.

하지만 별것 아닌 일이 맹탁 등에겐 목숨을 좌지우지하는 중대한 일인 것이다.

부자들과 힘있는 자들이 그런 것을 몰라서 가난하고 불쌍한 사람들을 돕지 않는 것이 아니다.

다 알면서도 모른 체하는 것이다. 그들은 자기 자신 말고는 어느 누구도 돕지 않는다.

그렇지만 쾌도비는 부자이며 힘이 있으면서도 가난하고 불쌍한 맹탁 등을 서슴없이 도와주었다.

부자들과 힘있는 자들이 하기 어려운 일을 그는 당연한 듯이 행했다. 맹탁은 바로 그 점을 더없이 고마워하고 있는 것이다.

"소인 미천한 놈이지만 대인의 종이 되겠습니다."

맹탁은 잠자리에 들기 전에 자신의 진심이 담긴 이 말을 꼭 쾌도비에게 하고 싶었다.

"죽을 때까지 대인을 받들어 모시겠습니다."

"하면, 네가 데리고 있는 아이들은 어쩔 셈이냐?"

"네?"

쾌도비가 넌지시 말하자 맹탁은 깜짝 놀랐다.

"나는 천하를 떠돌아다니는데 너는 내 종이 돼서 아이들을 모두 이끌고 날 따라다닐 생각이냐?"

"그것은……."

거기까지는 생각하지 못한 맹탁은 당황했다.

"이렇게 하자."

맹탁을 종으로 받아들일 생각이 전혀 없는 쾌도비는 다른 방법을 제시했다.

"내가 북경에 있는 동안만 네 뜻대로 하겠다."

"대인……."

"나는 나중에 북경에 올 일이 많을 것이다."

사실 이번 만사당주의 일을 제대로 처리하고 나면 그는 북경에 올 일이 없다.

부복하고 있는 맹탁은 고개를 들고 복잡한 표정으로 쾌도비를 우러러보았다.

그가 생각하기에 쾌도비는 담담한 표정이지만 절대 양보할 것 같지 않았다.

"알겠습니다."

다음 날 아침에 쾌도비는 객잔을 나섰다.

팔신궁 만사당주 문정호하고는 저녁에 만나기로 했기 때문에 오늘은 별달리 할 일이 없으므로 맹탁은 동생들과 함께 있으라고 했다.

쾌도비는 수염이 더 자라서 덥수룩했으나 깎거나 다듬지 않고 세수만 했다.

북경은 그를 찾으려고 혈안이 된 황궁과 팔신궁이 있는 곳이므로 매사에 조심하지 않으면 안 된다.

그는 어렸을 때 북경에서 반년 동안 살았었다. 지금 맹탁 등의 움막이 있는 대석교에서 북쪽으로 삼백여 장 거리에 있는 하천 근처였으며, 그곳에서 영호승에게 반년 동안 삼절심법을 배웠었다.

그 당시의 영호승은 헌앙하고 잘생긴 청년이었으며 누나와 쾌도비에게 무척 잘 대해주었었다. 그리고 자신의 이름을 밝힌 최초의 무사였다.

그런데 훗날 그가 사신 중 하나인 천절문 문주의 신분으로 쾌도비 앞에 나타날 줄이야 상상도 하지 못했었다.

　물론 그 당시의 영호승은 천절문주가 아니었을 것이다. 그러나 최소한 당시 천절문주의 아들이었거나 후계자의 신분이었을 것이다.

　자신의 신분을 밝히지 않았다고 해서 영호승을 원망할 수는 없는 일이다.

　그 당시에는 그가 누구며 신분이 무엇이냐고 누나도 쾌도비도 묻지 않았었다.

　필요한 것은 오직 심법구결을 쾌도비에게 가르쳐 주는 것뿐이었다.

　그러므로 그가 현재에 이르러 천절문주가 되었다는 사실이 그의 잘못은 아니다.

　쾌도비는 반년 동안 북경에 살았었지만 대석교 인근을 벗어난 적이 거의 없었으므로 어디가 어딘지 모른다.

　그는 행인들에게 물어물어서 오전 내내 성내를 발품을 팔아 돌아다닌 끝에 목적한 바를 이루고 맹탁 등이 있는 움막으로 돌아왔다.

　쾌도비가 맹탁과 소년소녀들을 이끌고 움막을 떠나서 도착한 곳은 북경성 북문 중 하나인 덕승문(德勝門) 근처의 하화지(荷花池)였다.

　자금성 둘레를 흐르는 해자는 덕승문 앞에서 호수를 이루었다가 성 밖으로 흘러 나가는데 그 호수가 바로 하화지이며, 호수 둘레에는 번화한 상가가 형성되어 있었다.

　"주인님, 소인들은 점심 식사를 했습니다."

　맹탁은 쾌도비가 자신들을 이끌고 주루로 들어서자 당황해서 급히 말했다.

　사실 점심 식사를 하지 않았으나 그에게 또 폐를 끼칠까 봐 그렇게 말했다.

　하지만 쾌도비가 아무 말도 하지 않고 주루 내를 이리저리 돌아다니기만 하는 바람에 맹탁과 소년소녀들은 그의 뒤를 쫄레쫄레 따를 수밖에 없었다.

　그런데 지금은 정오가 조금 지난 시각이라서 주루가 한창 복잡할 때일 텐데 어쩐 일인지 주루 내에는 손님이 한 명도 보이지 않았다.

　주루 일 층은 탁자가 열다섯 개 정도로 꽤 큰 편에 속하고 한쪽에 회계대와 주방이 있었다.

　쾌도비는 일 층을 한 바퀴 돌고나서는 이 층으로 올라갔고 맹탁 등도 쭈뼛거리면서 그를 따라 올라갔다.

　거리 쪽으로 창이 있는 곳에 여섯 개의 탁자가 가지런히 놓여 있으며, 반대편에 세 개의 방이 있는 이 층에도 손님은 한 명도 없었다.

맹탁은 쾌도비가 왜 그러는 것인지 짐작조차 하지 못한 채 초조한 마음으로 그의 뒤를 따르다가 다시 아래층으로 내려왔다.

그런데 조금 전에만 해도 아래층에는 아무도 없었는데 지금은 주방 앞에 세 명의 여자가 나란히 서 있었다. 그녀들은 삼십대 초반에서 사십대 중반까지의 여자인데 쾌도비를 향해 공손히 허리를 굽혀 인사했다.

쾌도비는 맹탁 등에게 세 여자를 소개했다.

"이 사람들은 주방을 맡고 있다."

"네……."

맹탁은 아무것도 모르고 마주 허리를 굽혀 인사했다.

쾌도비는 이번에는 세 여자에게 맹탁을 소개했다.

"지금부터 이 청년이 이곳의 주인이니 앞으로 잘 도와주기 바라오."

"주인어른을 뵈어요."

세 여자는 다시 한 번 맹탁에게 날아갈 듯이 인사를 했다.

"주… 주인님……."

"이리 오너라."

맹탁이 소스라치게 놀라는데도 아랑곳하지 않고 쾌도비는 주방 옆으로 난 뒷문을 통해 밖으로 나갔다.

정신이 반쯤 나간 상태의 맹탁 등이 쾌도비의 뒤를 따라서 나간 곳은 어느 평범한 집의 마당이었다.

마당 한가운데에서 쾌도비는 비로소 맹탁과 소년소녀들을 모아놓고 설명을 해주었다.

"내가 없는 동안에 너희들이 먹고 자는 일에 걱정이 없었으면 한다. 그래서 이 주루를 샀다."

"주인님……."

"조금 전의 세 여자가 주방을 맡을 테니까 주루를 운영하는 것은 어렵지 않을 것이다."

쾌도비는 올망졸망한 소년소녀들을 둘러보았다.

"맹탁 네가 잘 가르쳐서 이 아이들이 주루 일을 돕도록 하면 될 게다."

맹탁과 소년소녀들은 그제야 비로소 일이 어떻게 돌아가고 있는지 깨닫고 걷잡을 수 없이 눈물을 흘렸다.

"이곳은 주루에 딸린 집이니까 너희들은 이곳에서 살면 될 것이다."

쾌도비가 가리킨 곳은 복판의 마당을 빙 둘러 이 층의 아담한 집이고, 주루를 통하지 않고서도 골목으로 통하는 문이 따로 있었다.

"이 집에 방이 꽤 많으니까 너희가 방 하나씩을 차지하고도 남을 것이다."

말하고 나서 쾌도비는 품속에서 아까 이 주루 주인과 작성한 주루에 대한 소유권 서류를 맹탁에게 내밀었다.

"자, 이제부터 네가 주인이다."

원래 이 주루의 시세 가격은 은자 천 냥 정도인데 쾌도비는 목이 좋고 장사가 잘되는 이곳을 꼭 사고 싶어서 시세보다 두 배, 즉 은자 이천 냥을 주었다.

"으흐흐흑……! 주인님!"

맹탁은 차마 서류를 받지 못하고 그 자리에 무너지듯이 엎드리면서 울음을 터뜨렸다.

"주인님!"

열한 명의 소년소녀도 상황이 어떻게 돌아가고 있는지 비로소 깨닫고는 맹탁 뒤에 한꺼번에 우르르 무릎을 꿇으며 역시 울음을 터뜨렸다.

쾌도비는 울음을 그칠 줄 모르고 있는 맹탁과 열한 명의 소년소녀를 굽어보면서 빙그레 미소를 지었다.

예전에 어린 나이의 그가 혼자서 찢어지게 가난한 살림을 도맡았을 때 누군가 이렇게 도움의 손길을 주었다면 그토록 사는 것이 저주스럽지는 않았을 것이다.

만사당주는 쾌도비를 팔신궁에서 멀지 않은 주루로 데리고 가서 두 사람은 밀실에 마주앉았다.

슥—

"십팔 년 전에서 이십 년 사이에 본 궁의 무극사신으로 낙양분궁에 근무했던 사람은 두 명일세."

쾌도비는 문정호가 탁자에 펼쳐 놓은 두 장의 종이를 한 장씩 자세히 읽어보았다.

두 장의 종이, 즉 서류에는 그 당시 무극사신이었던 두 명에 대한 자세한 신상명세가 적혀 있었다.

쾌도비는 누나의 정인이었다가 그녀를 버리고 떠난 비정한 사내에게 초점을 맞추고 있으므로 우선 두 명 무극사신의 나이를 비교해 보았다.

한 명은 사십오 세고 또 한 명은 사십팔 세로 이십여 년 전에는 둘 다 이십대 중후반의 새파란 청년이었을 것이다. 고로 두 명 다 누나의 정인이었을 가능성이 있다.

쾌도비는 서류의 인적사항을 자세히 읽다가 시선이 오른쪽 끝단에 멈추었다.

그곳에는 그 사람의 가족사항에 대한 것과 현재 근무지가 기록되어 있었다.

사십오 세인 한 명은 이름이 현도진(玄導進)이며 가족으로는 부인과 삼 남매가 있고, 살고 있는 곳은 북경, 팔신의 네 번째 등급인 섬광호신으로서 현재는 팔신궁 제남분궁의 분궁주로서 가족과 떨어져 혼자 제남에 머물고 있다.

그런데 사십팔 세의 다른 한 명에 대한 것을 읽다가 쾌도비는 가볍게 눈살을 찌푸렸다.

그의 가족으로는 부인과 남매가 있는데 집은 북경에 있고, 팔신의 두 번째 등급인 용신, 즉 무적용신(無敵龍神)으로 현재 팔신궁 본궁에 있다.

쾌도비의 가슴을 답답하게 만드는 것은 예건후(叡建厚)라는 그 사람의 이름이었다.

누나가 쾌도비라는 지금의 이름을 지어주기 전에 그는 쾌도였으며, 그전에는 예하운이었다.

즉, 무적용신인 예건후와 같은 성이다. 우연의 일치라고 하기에는 너무 신경이 쓰였다.

"도제가 찾는 사람이 없는 겐가?"

쾌도비의 표정을 살피던 문정호가 물었다. 그가 눈살을 찌푸리는 것을 실망한 것으로 해석한 것이다.

"아쉽게도 그런 것 같소."

쾌도비는 짐짓 씁쓸한 표정을 지었지만 이미 두 장의 서류에 기록되어 있는 내용을 완전히 외워두었다.

그리고 심중으로는 누나가 찾는 인물이 예건후일 것이라고 짐작했다. 예건후가 자신과 동성(同姓)이라는 사실이 유력한 증거다.

하지만 쾌도비는 자신이 찾고 있는 사람을 찾지 못했다고 말함으로써 이 일에 대해서는 문정호가 이제 그만 잊어주기를 원했다.

"자네가 찾고 있는 사람에 대한 작은 단서라도 없는가?"

문정호는 그 사람을 꼭 찾아주겠다는 의지를 보였다.

"이제 됐소. 북경까지 온 김에 한 번 만나보려는 것이었을 뿐 중요한 일은 아니오."

"그런가?"

문정호는 당사자인 쾌도비보다 더 아쉬운 표정을 지었다.

"그런데 이십여 년 전이면 도제는 어렸을 텐데 그 사람을 어떻게 해서 알게 되었는가?"

문정호는 덥수룩하게 수염을 기른 쾌도비를 이십대 중반 정도로 보고 있는 것 같았다.

"선친과 아는 사이였소."

"호오… 돌아가신 부친께선 강호인이셨는가?"

"그렇소."

쾌도비는 기억에도 없는 부친이 죽었으며 강호인이라고 둘러댔다.

그러나 그는 문정호가 부친에 대해서 꼬치꼬치 물을 것 같아서 화제를 바꾸었다.

"어젠 어땠소?"

문정호는 얼굴을 조금 붉히며 겸연쩍게 웃었다.

"허허… 좋았네."

어젯밤에 문정호와 동침을 했던 기녀는 십칠 세였다. 그는 딸 같은 기녀와의 뜨거웠던 정사를 떠올리면서 아랫도리가 뻐근해지는 것을 느꼈다.

"오늘 밤에 한 번 더 가보겠소?"

쾌도비는 술자리에서 문정호에게 무적용신 예건후에 대해서 자세히 알아볼 생각이다.

"그래도 되겠나?"

"물론이오."

술시(밤 8시경) 무렵 쾌도비와 문정호는 화도삼루를 향해 가고 있는 중이다.

이런저런 대화를 나누면서 길을 가던 두 사람은 앞쪽의 길가에 많은 사람이 모여 있는 것을 보고는 자연스럽게 그곳으로 다가갔다.

사람들의 벽을 헤치고 안쪽으로 들어갔던 쾌도비는 표정이 굳어져서 곧 다시 나왔다.

안쪽 벽에는 방이 붙어 있었으며 무정도에 대한 내용이 적혀 있었기 때문이다.

관(官)에서 내다 붙인 방인데 무정도가 있는 곳을 알려주는 사람에겐 상금으로 은자 백만 냥을, 그리고 죽여서 수급을 갖고 오는 사람에겐 은자 천만 냥을 상금으로 주겠다는 내용이었다.

무정도라고 그려져 있는 모습은 지금의 쾌도비하고는 거리가 먼 소년다운 것이었지만, 그 외에 신상에 대한 내용은 제법 정확했다.

예를 들자면 무정도의 이름이 쾌도비라는 것과 예전의 별호는 탈명도였고, 또한 창룡도라는 무기를 지니고 있다는 사실이 그랬다.

하지만 그것만으로는 무정도, 아니, 쾌도비를 찾아내는 것은 어려울 터이다.

사람들 밖으로 빠져나와서 문정호가 나오기를 기다리는 쾌도비는 쓴웃음이 났다.

현상금으로 은자 천만 냥이나 내걸린 무정도가 황궁과 팔신궁 본궁이 있는 북경 한복판에 버젓이 서서 자신에 대한 방을 보고 있다는 사실을 사람들이 까맣게 모르고 있다는 사실 때문이다.

그러나 그는 문정호가 사람들을 뚫고 나오는 것을 발견하고 평소의 무표정한 얼굴로 돌아갔다.

"난리로군, 난리야."

쾌도비는 별달리 할 말이 없어서 대꾸하지 않았고, 두 사람은 다시 걷기 시작했다.

"자금성뿐만이 아니라 본 궁에서도 무정도 때문에 골머리를 썩고 있다네."

"그렇소?"

쾌도비는 의미 없이 대꾸했지만 문정호는 그것을 관심으로 알아들었다.

"무정도 때문에 본 궁과 황궁은 최대의 위기에 직면해 있는 상황일세."

쾌도비는 그가 지나치게 엄살을 떤다는 생각을 했으나 내색하지는 않았다.

"도제도 무정도에 대해서 알고 있겠지? 요즘 천하에 떠들썩한 만리난도 말일세."

"들어보기는 했지만 믿지는 않소."

"하지만 모두 사실일세."

문정호는 진지한 표정을 지었다.

"만리난도의 연애담 말고 영웅담 말일세. 무정도가 자봉공주하고 사랑을 하든 말든 알 바 아니지. 중요한 사실은 영웅담이니까."

쾌도비는 팔신궁의 당주 신분인 문정호가 만리난도의 영웅담이 사실이라고 인정할 줄은 몰랐다.

"누천년 무림사에 이런 엄청난 사건은 결단코 없었네. 단

한 명의 고수가 여자 한 명을 만 리가 넘는 기나긴 길을 호위
하면서 강호 최고의 방파와 황궁을 한꺼번에 농락하고 체면
을 형편없이 구기게 만들다니… 쯧쯧……."

홍로상일점설(紅爐上一點雪)

─벌겋게 단 화로 위에 한 점의 눈이 녹는다

쾌도비는 문정호와 화도삼루의 적월루에서 술을 마시다가 그에게 어젯밤의 어린 기녀를 붙여주고 자정이 되기 전에 기루를 나왔다.

쾌도비는 현재 은자가 없어서 적월루에는 돈과 다름없는 전표(錢票)를 주었다.

개봉을 떠나기 전에 광족이 쾌도비 등 세 명의 대금원보를 평소 자신이 거래를 하고 있는 전장에서 오백 냥짜리 은원보 하나와 백 냥의 은자, 그리고 전표로 바꿔줬는데 은원보와 은자는 이미 다 쓰고 전표만 남았다.

대금원보 하나는 은자 만오천 냥인데 그것을 지니고 다니려면 마차나 수레가 필요할 것이다.

그는 지금까지 돈을 꽤 많이 쓴 것 같았는데 아직도 은자로 만삼천 냥 가까운 전표가 남아 있다.

적월루를 나선 그는 곧장 맹탁의 주루가 있는 덕승문 쪽으로 향했다.

자정이 다 되어가는 시각이라 인적이 끊어진 거리를 경공술을 발휘하여 달렸다.

"주인님, 오셨군요."

대로변까지 나와서 기다리고 있던 맹탁이 쾌도비를 반갑게 맞이했다.

쾌도비는 이렇게 늦은 시각까지 자신을 기다려 주는 사람이 있다는 사실이 어색하면서도 기분이 나쁘지 않았다.

"식사는 하셨습니까?"

주루 뒤편에 있는 집으로 향하는 골목으로 들어서면서 맹탁이 공손히 물었다.

"먹었다. 그런데 오늘 장사는 어땠느냐?"

주루에는 모든 것이 갖추어져 있기 때문에 곧바로 장사를 시작할 수 있었다.

"아직 서툰 게 많지만 장사는 잘됐습니다."

맹탁은 문을 열어주며 겸연쩍게 미소 지었다.

팔팔한 나이의 맹탁을 비롯하여 소년이 많으니까 주루를 운영하는 것은 어렵지 않을 터이다.

맹탁은 문단속을 하고 급히 쾌도비를 앞질러 뛰어서 집의 문을 공손히 열어주었다.

"주인님, 오십니까?"

그가 들어선 곳은 거실인데 그곳에 질서 있게 모여 있던 열한 명의 소년소녀가 일제히 쾌도비를 향해 무릎을 꿇고 절을 했다.

"일어나라."

쾌도비는 그들의 행동에 심기가 불편했으나 내색하지 않고 일어나게 했다.

"주인님, 이게 오늘 번 돈입니다."

쿵!

맹탁이 묵직한 철궤 하나를 복판의 탁자에 내려놓고는 뚜껑을 열었다.

철궤 안에는 돈이 가득 차 있었으며 대부분 구리돈이고 더러 하얀 은자도 보였다.

"은자로 치면 백오십 냥쯤 됩니다. 굉장합니다."

맹탁은 오늘 하루 장사로 이만큼이나 벌었다는 사실이 믿어지지 않는다는 표정을 지었다.

　그는 오늘 자신들이 얼마나 열심히 일했는지를 한껏 자랑
하고 싶은 듯했다.

　예전에는 열두 명이 하루 온종일 발이 부르트도록 돌아다
니면서 벌었어도 최고로 많이 번 게 온자 두 냥 정도였으니까
백오십 냥은 어마어마한 거액이다.

　"다들 이리 오너라."

　쾌도비는 소년소녀들을 탁자로 부른 후에 조용한 목소리
로 말했다.

　"이제부터 다음 날 장사할 재료비를 제외한 돈은 차곡차곡
모아라."

　맹탁과 소년소녀들은 놀라는 얼굴로 쾌도비를 주시했다.
그들은 돈을 벌어서 쾌도비에게 바치려 했었고 당연히 그래
야 된다고 생각했었다.

　"맹탁, 너는 이제부터 돈을 많이 모아서 여기 여자아이들
을 시집보내고 사내아이들은 독립해서 나갈 수 있도록 기반
을 마련해 줘야 한다."

　소녀 넷 중에 소아를 제외한 세 명은 흑랑문 하오문도들에
게 강간을 당한 쓰라린 상처를 안고 있다.

　그런 그녀들에게 좋은 배필을 찾아서 남부럽지 않게 시집
을 보내고, 소년들이 어른이 되면 점포를 내주어 독립을 시키
라는 얘기다.

그러기 위해서는 주루를 잘 운영해서 돈을 많이 벌고 그걸 잘 모아야 한다는 뜻이다.

"주인님……."

쾌도비의 깊은 뜻을 깨달은 맹탁과 소년소녀들은 울컥 감격하여 눈물을 흘렸다.

"그리고 오늘 밤처럼 이렇게 모두들 날 기다렸다가 인사를 한다면 나는 다시는 이곳에 오지 않겠다."

맹탁과 소년소녀들은 화들짝 놀랐다.

"나를 기다리는 사람은 한 명이면 된다. 다들 고될 텐데 일이 끝나면 일찍 자도록 해라."

쾌도비는 말을 마치고 몸을 돌렸다.

"내 방은 어디냐?"

"소… 녀가 모실게요."

소아가 당황한 모습으로 급히 앞서 거실을 가로질러 계단으로 향했다.

누가 시킨 것이 아니라 소아는 이런 하찮은 일이라도 해서 쾌도비에게 보탬이 되고 싶었다.

이곳의 소녀는 모두 네 명이고 그중에 소아가 가장 나이가 많다. 그래 봤자 한두 살 차이며 십오 세가 한 명, 십육 세가 두 명이다.

모두 제대로 먹지 못해서 수척한 모습들이지만, 소녀 네 명은 더 야윈 모습이며 특히 소아가 제일 마른 몸매라서 보기에 안쓰러웠다.

아래층에 방이 다섯 개 있고 이 층에는 여덟 개가 있는데 맹탁과 소년소녀들은 모두 아래층을 사용하고 쾌도비에게 이 층 전체를 내주었다.

"주인님 마음에 드시는 방을 사용하세요."

소아는 쭈뼛거리면서도 조심스러운 동작으로 이 층의 방들을 가리켰다.

"다 비어 있느냐?"

"네."

쾌도비는 복도 마지막 방문을 열고 들어갔다.

"소녀가 잠자리를 봐드리겠어요."

"됐다. 가서 맹탁에게 술상을 봐오라 전해라."

소아가 침상으로 가려는 것을 만류해서 내보내고 그는 창룡도를 풀어 침상 머리맡에 내려놓고 실내를 둘러보았다.

주루를 계약할 때 물건이나 살림살이 가구 따위는 그대로 놔두고 가라고 했기 때문에 맹탁 등이 몸만 들어와 살아도 아무런 불편함이 없었다.

그가 술상을 차려오라고 한 이유는 맹탁에게 할 말이 있기 때문이다.

일각쯤 후에 맹탁이 몇 가지 요리와 술병이 담긴 쟁반을 갖고 들어왔다.

그런데 그의 뒤에 소아가 눈치를 살피면서 쫄레쫄레 따라와서 술과 요리를 탁자에 차렸다.

소아는 앉아 있는 쾌도비 앞에 놓인 빈 잔에 두 손으로 공손히 술을 따르고 나서 맞은편에 맹탁과 함께 시립하듯이 나란히 섰다.

"앉아라. 술 마시자고 불렀다."

"어이쿠 주인님, 소인은……."

맹탁은 놀라서 펄쩍 뛰며 두 손을 마구 저었다.

"앉든가 나가라."

쾌도비의 조용한 말에 맹탁은 오줌 마려운 강아지처럼 안절부절 어쩔 줄을 몰랐다.

하지만 쾌도비가 술도 마시지 않고 꼿꼿하게 앉아서 기다리는 모습을 보고는 마지못해서 조심스럽게 앉았다.

슥―

쾌도비가 감히 앉지 못하고 어정쩡하게 서 있는 소아를 무표정한 얼굴로 쳐다보자 그녀는 불에 덴 듯 화닥닥 놀라더니 급히 두 사람 사이에 쓰러지듯이 몸을 날려 앉았다.

쾌도비가 그녀를 쳐다본 것은 '이제 너는 그만 나가라'는 뜻이었는데 그녀는 잘못 이해했다.

그렇게 잠시 어색한 침묵이 흐르는 가운데 몇 순배의 술이
돌아갔다.

맹탁은 쾌도비가 술잔을 비울 때마다 서둘러 자신도 마셨
으며, 잔이 비면 소아가 양쪽에 번갈아 따라주었다.

쾌도비는 술잔을 손에 쥐고 물끄러미 소아를 응시했고, 그
녀는 부끄러운 듯 얼굴을 붉히면서 고개를 숙인 채 옷자락을
만지작거렸다.

소아는 실제 나이는 십칠 세인데 지나치게 야위어서 십오
세 정도로 보였다.

그런데 못 먹어서 그런 것치고는 너무 말랐다. 게다가 얼굴
이 누렇게 뜬 게 무슨 병이라도 있는 듯했다.

그렇지만 말라서 눈이 퀭하고 양 뺨이 움푹 파였으면서도
매우 귀여운 용모다.

만약 잘 먹고 제대로 성장을 한다면 꽤나 아름다운 미모가
될 것 같았다.

맹탁은 쾌도비가 소아를 한참 동안이나 응시하자 그가 소
아를 마음에 들어 하는 것으로 오해를 했다. 그래서 소아를
잘 설득하여 오늘 밤에 쾌도비의 잠자리 시중을 들게 해야겠
다고 마음먹었다.

또한 소아가 쾌도비의 시선을 부끄러워하면서도 싫지 않
은 듯한 표정인 것을 보고 그녀가 마음속으로 그를 흠모하고

있음을 깨달았다.

"너 병이 있느냐?"

그런데 맹탁과 소아는 쾌도비의 그 한마디에 자신들이 곡해를 했다는 사실을 깨달았다.

쾌도비는 소아가 너무 말랐기에 혹시 병이 있는 것이 아닌지 자세히 살펴본 것이었다.

"네……."

"소아는 선천적인 고질병이 있습니다. 예전에 돈을 모아서 의원에 갔었던 적이 있는데… 의원 말로는 체내의 무슨 혈도인가 하는 기혈이 막혀서 그렇답니다."

소아는 움찔하여 어쩔 줄 모르는데 맹탁이 자세히 설명을 해주었다.

"음……."

자신의 짐작이 맞았다는 사실을 알게 된 쾌도비는 다시 물끄러미 소아를 응시했다.

그는 타의 추종을 불허할 정도로 탁월한 의술을 지닌 주소옥에게 혈도에 대해서 배웠기 때문에 어쩌면 소아의 고질병을 고쳐 줄 수 있을지도 모른다는 생각이 들었다.

그러나 그는 잠시 후에 소아에게서 시선을 거두었다. 혼혈이나 마혈, 아혈을 제압하는 거라면 많이 해본 거라서 익숙하기 때문에 별문제가 없다.

그러나 만성적인 고질병을 찾아내는 것이라면 전신의 혈
도를 세세히 살펴야 하는데 소아가 옷을 입고 있는 상태에서
는 자신이 없다.

"왜 그러십니까?"

"아니다."

맹탁은 뭔가 집히는 바가 있어서 물었으나 쾌도비는 고개
를 가로젓고는 술을 마셨다.

맹탁은 의아한 표정을 짓고 있는 소아를 쳐다보고 나서 다
시 쾌도비를 보았다.

"주인님께서는 혹시 소아의 고질병을 고칠 수 있으신 것
아닙니까?"

쾌도비는 고개를 흔들었다.

"고친다고 장담은 못하겠지만 한 번 시도해 보고 싶은 마
음은 있다. 그런데……."

"뭐가 문제입니까?"

맹탁과 소아는 둘 다 크게 놀라고 또 흥분하여 자리에서 벌
떡 일어섰다. 소아의 병을 고칠 수도 있다니 두 사람에게 그
보다 큰일은 없다.

쾌도비는 씁쓸한 표정을 지었다.

"내가 워낙 어설픈 솜씨라서 옷을 입은 상태로는 제대로
살펴볼 수가 없다."

"고질병을 고칠 수 있을지도 모르는데 그런 게 뭐가 문제입니까?"

맹탁은 몹시 흥분하여 소아를 쳐다보며 소리쳤다.

"소아야! 그렇지 않느냐? 고질병을 고칠 수 있다면 알몸을 보이는 게 무슨 대수냐?"

그러나 소아는 머뭇거렸다. 고질병을 고칠 수도 있다는 말에 크게 기쁘면서도 마음속으로 흠모하기 시작한 쾌도비 앞에서 알몸을, 그것도 비쩍 마른 볼품없는 몸을 보여줘야 한다는 것이 너무 부끄러웠다.

맹탁은 두 손을 뻗으면서 소아를 재촉했다.

"어서 벗어라, 소아야! 어서!"

소아는 얼굴이 빨개져서 머뭇거렸다.

"얘가 왜 이래? 어서 벗으라니까 뭘 하느냐?"

그러자 소아가 바락 소리쳤다.

"맹 대가가 나가야 벗을 거 아니에요!"

소아는 침상에 아무것도 입지 않은 전라의 몸으로 반듯하게 누웠다.

태어나서 이 날까지 살아오면서 어떤 사람에게도 보여준 적이 없었던 나신이다.

치료를 하기 위하여 옷을 벗고 누웠으나 여타 다른 여자가

남자 앞에 나신이 되어 누운 것과는 또 다른 아픔이 그녀에게
는 있다.

다른 여자들은 나신이 된 것을 부끄러워하면서도 자신의
아름다운 몸매에 대한 뿌듯한 자신감이 있는 반면에, 소아에
겐 앙상하게 뼈만 튀어나온 볼품없는 몸매에 대한 수치스러
움이 하나 더 가중되었다.

그래서 그녀는 눈을 꼭 감은 채 두 팔을 양쪽 허리에 붙이
고는 야윈 몸을 바들바들 떨었다.

슥—

쾌도비는 소아 옆에 앉았다. 빨리 시작하지 않으면 소아가
부끄러움 때문에 혼절해 버릴 것만 같았다.

"혹시 아프면 말해라."

쾌도비는 나직이 말하는 것과 동시에 두 손을 뻗어 소아의
오른쪽 어깨 안쪽의 운문혈(雲門穴)과 그 아래의 중부혈(中府
穴)로 가져갔다.

그곳은 혈맥 중에서 가장 중요한 십이경맥(十二經脈)의 첫
번째로 수태음폐경(手太陰肺經)이 시작되는 혈도다.

"흑……."

쾌도비의 손이 닿자 소아는 화들짝 놀라서 나직한 신음을
토해냈다.

소아의 몸은 정말이지 눈을 뜨고 보기가 민망할 정도로 형

편없이 말랐다.

쇄골과 어깨뼈, 그리고 갈비뼈가 앙상했으며, 여자들의 상징이며 자랑인 유방은 아예 없고 마른 소년의 가슴처럼 밋밋한데 조그만 유두만 붙어 있을 뿐이다.

뱃가죽은 움푹 꺼져서 등과 맞닿았고 툭 튀어나온 보기 흉한 골반과 팔순 노인의 그것처럼 깡마른 허벅지에 음부에는 솜털만 몇 올 자랐으며 옥문은 어린아이인 양 발육이 전혀 되지 않은 상태였다.

쾌도비의 두 손은 능숙하거나 빠르지는 않지만 세심하고도 정성껏 상체의 육경맥(六經脈)과 하체의 육경맥 합 십이경맥을 세심하게 살폈다.

십이경맥에는 아무런 이상이 없는 것 같았다. 혈도를 하나씩 짚으면서 손가락 끝으로 미량의 공력을 주입해 보면 혈맥이 원활한지 막혔는지 알 수 있다.

그다음은 기경팔맥(奇經八脈)으로 십이경맥과 함께 인체에서 가장 중요한 혈맥이다.

독맥(督脈)과 임맥(任脈), 충맥(衝脈), 대맥(帶脈) 등 총 여덟 개의 혈맥으로 구성되었다.

십이경맥이 상체와 하체에 구불구불 고르게 분포하고 있다면, 기경팔맥은 인체의 위에서 아래 세로로 뻗은 여덟 줄기의 중심적인 경맥을 가리킨다.

그중에서도 특히 중요한 혈맥이 독맥과 임맥이며, 독맥은 정수리인 백회혈(百會穴)에서 시작하여 등줄기 한가운데를 수직으로 가로질러 꼬리뼈 바로 아래인 장강혈(長强穴)에 이르는 도합 이십칠 개의 혈도로 구성되었다.

그리고 임맥은 독맥이 끝나는 부위인 꼬리뼈에서 약 두 치 거리인 항문과 음낭, 여자는 항문과 옥문 사이인 회음혈(會陰穴)에서 시작하여, 옥문에서 배 쪽으로 약 두 치 거리인 곡골혈(曲骨穴), 중극혈(中極穴)을 거쳐서 단전(丹田)으로 알려진 기해혈(氣海穴)을 지나 배꼽과 가슴 정중앙을 치고 올라 아랫입술 바로 아래의 승장혈(承漿穴)에서 끝난다.

슥―

혈도를 살피는 일에 몰두한 쾌도비는 소아를 가볍게 뒤집어 엎드리게 하고는 독맥인 정수리 백회혈에서부터 꼬리뼈 장강혈까지 세심하게 혈도를 짚고 공력을 주입하면서 살피기 시작했다.

마른 그녀를 뒤집어놓으니까 모습이 더욱 끔찍했다. 비루먹은 개의 모습인데 둔부에 살이 하나도 없고 꼬리뼈가 불쑥 튀어나왔다. 워낙 살이 없다 보니까 항문과 옥문이 고스란히 내비쳤다.

'찾았다.'

독맥 이십칠 혈을 꼼꼼하게 살피던 중에 스물다섯 번째 혈도, 즉 양관혈(陽關穴)과 스물여섯 번째 요수혈(腰水穴), 그리고 마지막 스물일곱 번째 장강혈 세 개의 혈도가 제대로 꽉 막혀 있는 것을 발견해 냈다.

그는 다시 소아의 몸을 뒤집어 똑바로 눕히고는 임맥 회음혈부터 차근차근 살펴나갔다.

그리고는 오래지 않아서 회음혈과 곡골혈, 중극혈 세 개가 막혀 있는 것을 발견했다. 더 살펴봤으나 임맥의 다른 혈도는 아무런 이상이 없었다.

문제는 독맥의 끝나는 부위 세 곳과 임맥이 시작하는 부위 세 곳이 막힌 것 때문에 기와 혈류가 원활하게 흐르지 않는다는 점이다.

그것 때문에 그녀는 발육이 제대로 되지 않았고 식욕이 없으며 먹은 것들이 뼈와 살로 가지 않았던 것이다. 뿐만 아니라 움직이는 것조차 힘겨울 정도였었다.

'음… 이걸 어쩐다?'

문제는 발견했는데 어떻게 해결해야 할는지 그로서는 방법이 없다.

소아는 자신의 온몸을 더듬던 쾌도비의 두 손이 갑자기 멈추고 한동안 고요한 적막이 흐르자 조심스럽게 눈을 뜨다가 얼굴이 새빨갛게 달아올랐다.

눈을 뜨기 전에 자신의 몸이 어떤 자세를 취하고 있는지 짐작은 했었지만, 막상 눈으로 보게 되니까 금방이라도 숨이 끊어질 것처럼 창피했다.

쾌도비가 똑바로 누워 있는 그녀의 두 다리를 활짝 벌린 상태에서 자신의 양쪽 이깨에 걸치고 항문과 옥문 부위를 뚫어지게 주시하면서 심각한 표정을 짓고 있는 모습을 발견했기 때문이다.

쾌도비로서는 독맥의 꼬리뼈 쪽 세 개의 혈도와 임맥의 회음혈부터 세 개의 혈도, 도합 여섯 개의 혈도를 심각하게 살피고 있는 중이지만, 그것을 모르는 소아로서는 그저 창피해서 죽을 지경이었다.

'어쩔 수 없다. 해보자.'

결국 쾌도비는 공력으로 막힌 여섯 개의 혈도를 소통시켜 보자고 결심했다.

지금으로선 그 방법뿐이다. 그렇다고 일을 이렇게까지 벌여놓고는 아무것도 하지 않을 수는 없는 노릇이다. 어떻게든 소아를 고쳐 주고 싶은 마음이다.

그래서 그는 독맥과 임맥 여섯 개의 혈도를 한 번에 그리고 동시에 뚫어야 한다고 판단했다.

그의 생각은 단순했다. 하수구가 막혔으면 뚫어야 하듯이 혈도가 막혔으니까 소통시켜야 한다는 것이다.

그러자면 한 손은 독맥의 마지막인 장강혈을 짚고, 다른 손

은 임맥의 시작인 회음혈을 짚은 상태에서 양 손으로 동시에
공력을 주입해야만 한다.

성패는 양손으로 동시에 공력을 주입하여 여섯 개의 막힌
혈도를 뚫을 수 있느냐에 달려 있다.

슥—

그는 소아의 두 다리를 잡고 더 넓게 벌리고 또 끌어 올려
어깨에 고쳐 멨다.

'아······.'

소아는 다시 눈을 떴다. 그리고 쾌도비가 매우 진지한 자세
와 표정을 지으며 양손으로 자신의 항문 부위와 옥문 부위를
덮고 있는 것을 발견했다.

그리고는 쾌도비가 어금니를 힘껏 악무는 것을 보았다. 순
간 그녀는 무슨 일이 벌어질 것이라고 예감했으나 그것이 무
엇인지는 짐작조차 하지 못했다.

쾌도비는 오른팔의 공력을 순간적으로 왼팔로 이동시키면
서 양손의 공력을 동시에 장강혈과 회음혈에 파도처럼 주입
시켰다.

퍼퍼퍼퍽!

"아악!"

그 순간 소아의 하체에서 커다란 북 대여섯 개를 한꺼번에
세차게 두드리는 듯한 소리가 터지고, 그녀는 자신도 모르게

날카로운 비명을 터뜨렸다.

쾌도비는 양손의 공력이 그녀의 독맥과 임맥으로 도도한 강물처럼 흘러들어가는 것을 느끼면서 막혀 있던 여섯 개의 혈도가 뚫렸음을 깨달았다.

쿠쿠쿠쿵!

그런데 독맥과 임맥 끝까지 거세게 흘러갔던 공력이 되돌아와야 하는데 그러지 않고 그대로 막바지를 향해 무시무시하게 부딪쳐 가더니 마치 동굴 속에서 거대한 북을 두드리는 듯한 음향이 터져 나왔다.

그뿐만 아니라 소아는 처음 여섯 개의 혈도가 뚫릴 때 그 충격으로 혼절했었는데, 이번 두 번째의 충격으로 그녀의 축 늘어진 몸이 침상에서 한 자나 허공으로 튀어 올랐다가 떨어졌다.

느닷없이 벌어진 일에 쾌도비는 적잖이 당황했다. 그는 죽은 듯이 축 늘어진 소아를 보자 겁까지 더럭 났다.

그냥 고질병의 원인이 무엇인지만 알아내고 손을 뗐어야 하는데 의술도 모르면서 섣불리 치료하겠다고 덤벼들어서 불쌍한 소녀를 죽인 것일지도 모른다는 생각 때문에 후회가 밀려들었다.

지금까지 살아오는 동안 후회라는 것을 모르고 살았었는데 아무도 도와주지 않는 불쌍한 소녀를 치료하겠다고 달려

들었다가 후회를 하고 있는 것이다.

꿀럭… 푸푹…….

그런데 그때 축 늘어져 있는 소아의 몸이 꿈틀거리면서 놀라운 광경이 벌어졌다.

그녀의 눈, 코, 입, 귀 그리고 옥문과 항문에서까지 몸에 있는 모든 구멍, 즉 칠공(七孔)에서 샘물처럼 검붉은 피고름이 꾸역꾸역 쏟아져 나오고 있는 것이다. 그중에서도 옥문과 항문에서 쏟아지는 피고름의 양이 가장 많아서 침상을 흠뻑 적시고 있었다.

더구나 지독한 악취가 확 끼쳤다. 그녀의 칠공에서 쏟아져 나온 검붉은 피고름에서 풍기는 냄새였다.

피고름은 열 호흡 정도의 시간 동안 흘러나오다가 점점 잦아들었다.

소아는 혼절한 상태에서 여전히 늘어져 있으며 그녀의 다리 사이와 얼굴 양옆에는 피고름이 그득해 마치 난도질을 당해서 피를 흘리고 죽은 듯한 모습이었다.

쾌도비는 어쩌면 여섯 개의 혈도가 막혀 있는 동안 그녀의 체내에 응혈(凝血)과 어혈(瘀血)이 고여 있다가 혈도가 소통되면서 쏟아져 나온 것이 아닌가 하는 생각이 들어서 급히 그녀의 맥을 짚어보았다.

아니나 다를까 맥은 순조롭다 못해서 기운차게 뛰고 있으

며, 심장박동이나 혈류의 흐름, 숨소리마저도 치료를 하기 전
보다 훨씬 좋아졌다.

'이것은?

그런데 소아의 맥을 다시 한 번 짚어본 그의 얼굴에 놀라움
이 떠올랐다.

독맥은 꼬리뼈 아래 장강혈이 끝이므로 체내의 기운이 거
기에서 멈춰야 하고, 임맥은 아랫입술 아래인 승장혈이 마지
막이라서 기운이 그곳에서 다시 되돌아와야 한다.

그런데 어찌된 일인지 독맥의 기운이 장강혈에서 임맥의
회음혈로 이어지는가 하면, 임맥 승장혈의 기운이 독맥 백회
혈로 강물처럼 흘러가고 있는 것이 아닌가. 다시 말하면 독맥
과 임맥이 서로 통하고 있는 것이다.

상식적으로는 도저히 이해할 수 없는 일이 쾌도비의 눈앞
에서 일어나고 있다. 다시 한 번 확인했으나 여전히 똑같은
상황이다.

그래서 그는 뭔가 잘못된 것이 아닌가 하는 생각이 들었으
나 곧 아닐 것이라고 판단했다.

소아가 치료하기 전보다 훨씬 건강해진 지금의 상태가 그
것을 말해주고 있기 때문이다.

'독맥과 임맥이 서로 소통하다니……'

속으로 거기까지 중얼거리던 그는 뭔가 뇌리를 스치는 것

이 있어서 흠칫했다.

'임독양맥의 소통이라는 말인가?'

언젠가 그런 말을 들은 적이 있었다. 사람은 원래 태어날 때는 독맥과 임맥이 뚫려 있었는데, 혼탁한 세상을 살아가면서 좋지 않은 것들을 먹고 마시며 나쁜 기운들을 흡입하면서 두 혈맥이 점차 막혀 버린 것이라고 말이다.

그래서 모든 사람은 독맥 마지막인 장강혈에서 임맥 시작점인 회음혈까지의 세 개의 혈도, 그리고 독맥 시작점인 백회혈에서 임맥 마지막인 승장혈 사이의 일곱 개 혈도가 영구히 봉해진 상태로 살아가다가 생을 마감하는 것이 상식이라고 알려져 있다.

그렇게 독맥과 임맥이 서로 연결되지 않고 열 개의 혈도가 꽉 막힌 채로 살아가기 때문에 살아가면서 온갖 질병에 노출되어 있으며 수명이 짧아지고 또 무기력증과 피곤함을 느끼는 것이다.

그러나 쾌도비가 들은 바에 의하면, 후천적으로 놀라운 기연을 얻거나 심후한 공력의 힘으로 독맥과 임맥의 막힌 열 개의 혈도를 소통할 수가 있다고 했다.

그리고 그것을 임독양맥의 소통, 혹은 생사현관(生死玄關)의 타동(打動)이라고 부른다는 것이다.

또한 그것을 이룬 사람은 무병장수는 물론이고 만약 무공을 익히게 되면 가장 빠르게 그리고 가장 높은 경지에까지 이를 수 있다고 한 말을 들은 기억이 있다.

'정말 생사현관이 타동된 것이라면 이것은 기적이다.'

그는 소야의 하체에서 터졌던 북을 두드리는 듯한 첫 번째 둔탁한 소리가 막혔던 여섯 개의 혈도를 뚫는 소리였던 것이 분명하며, 두 번째 깊은 동굴 속에서 커다란 북을 세차게 두드린 듯한 소리가 임독양맥의 열 개의 혈도가 한꺼번에 뚫리는 소리였을 것이라고 확신했다.

그렇게 생각하지 않고는 지금의 상황을 이해할 수도 설명할 수도 없다.

그때 쾌도비는 소아가 천천히 눈을 뜨는 것을 발견하고 긴장해서 쳐다보았다.

그런데 그녀의 두 눈에 총기가 가득하고 햇볕에 반사된 호수의 수면처럼 해맑게 반짝거렸다. 치료하기 전의 탁하고 힘 없는 눈빛하고는 하늘과 땅 차이다.

"주인님……."

쾌도비는 빙그레 엷은 미소를 지었다.

"소아야, 너는 다 나았다."

그는 독맥과 임맥이 소통되었다는 말은 하지 않았다.

"아아……."

소아는 믿을 수 없다는 듯 얼굴 가득 환한 표정을 지으면서

비 오듯이 눈물을 흘렸다.

"주인님께서 소녀의 병을 고쳐 주셨군요……."

쾌도비는 그녀의 고질병을 치료했을 뿐만 아니라 생사현관까지 타동한 것이라고 굳게 믿었다.

그는 기쁜 표정으로 부드럽게 미소 지었다.

"다행이다."

슥—

소아는 자신이 나신이라는 사실 따윈 까맣게 잊어버리고 주체할 수 없을 정도로 기뻐서 눈물을 흘리며 상체를 일으켜 쾌도비 앞에 마주앉았다.

"애썼다."

쾌도비가 미소 지으며 머리를 쓰다듬자 그녀는 격한 감동을 견디지 못하고 그의 품에 뛰어들었다.

"으흐흑! 고마워요! 주인님!"

쾌도비는 솜털처럼 가벼운 소아를 안고 등을 쓰다듬었다.

그때 방문이 살짝 열리며 맹탁이 고개를 들이밀고 안을 살폈다.

"주인님, 어떻게 됐습……."

"아앗!"

소아는 소스라치게 놀라 쾌도비 품에 더욱 깊이 안기면서 나신을 감추었다.

아주 어렸을 때 천애고아가 되어 거리를 헤매던 그녀를 거두어 오늘날까지 씻기고 입히며 먹이면서 키워준 맹탁이 나신을 보는 것은 부끄러워하면서 쾌도비는 괜찮다는 듯한 행동이다.

쾌도비는 맹탁이 보지 못하도록 소아를 안고 몸을 돌리면서 빙그레 미소 지었다.

"다 고쳤다."

"아아… 고맙습니다, 주인님."

"어서 나가요!"

맹탁이 눈물을 흘리며 고마워하는데 소아는 쾌도비 가슴에 얼굴을 묻고 소리쳤다.

맹탁이 문을 닫고 나간 후에 쾌도비는 소아를 떼어놓았다.

그런데 피고름투성이였던 그녀가 안기는 바람에 그의 몸은 엉망진창이 돼버렸다.

"이걸 어째……."

당황한 소아는 손을 내밀어 그의 옷을 잡았다.

"벗어요, 주인님. 소녀가 빨아드릴게요."

"우선 너부터 씻어야겠구나."

"어멋?"

소아는 자신의 몰골을 보고는 화들짝 놀라 침상에서 내려

가더니 이리저리 바쁘게 움직이면서 수건으로 몸을 닦고 옷
을 입었다.
　그 모습이 매우 활기차게 보여서 쾌도비는 흐뭇한 미소를
지으며 바라보았다.

第五十五章

불가근불가원(不可近不可遠)

—가까이 할 수도 멀리 할 수도 없다

쾌도비가 잠자리에 든 것은 거의 동이 틀 무렵이다.

사실 지난밤에 그가 맹탁더러 술상을 봐오라고 한 이유는 그에게 도법 북두인을 가르치려는데 어떻게 생각하느냐고 의견을 물어보기 위해서였다.

쾌도비는 천하를 주유하면서 힘이 없으면 어느 누구에게나 괴롭힘을 당하고 심할 경우 죽을 수도 있다는 사실을 뼈저리게 느꼈기 때문에 맹탁 등은 그러지 않기를 바라는 마음에서 북두인을 가르치려는 것이었다.

그는 이미 동명촌의 괴력을 지닌 소녀 유홍에게 북두인을

가르쳤던 경험이 있으니 두 번째 가르치는 일은 어렵지 않을
터이다.

또한 쾌도비는 백두파의 성명도법인 북두인을 타인에게
전수하는 것에 대해서 나쁘게 생각하지 않았다.

무공을 익히는 근본적인 목적은 억강부약(抑强扶弱), 강한
자를 누르고 약한 자를 돕기 위함이다. 그러므로 약한 사람들
에게 북두인을 가르쳐서 스스로를 지키게 한다는 것이 나쁠
리가 없다고 믿었다.

설사 백두파에서 이 사실을 안다고 해도 반대하지는 않을
것이라는 생각이다.

그런데 지난밤에는 난데없이 소아의 고질병을 치료하는
바람에 북두인에 대한 얘기는 꺼내지도 못했다.

불쌍한 사람을 도와주려면 끝까지 책임을 져야 한다는 것
이 쾌도비의 평소 지론이므로, 맹탁 등이 주위의 건달들이나
하오문에게 괴롭힘을 당하지 않도록 다시 시간이 나는 대로
북두인을 가르칠 생각이다.

*　　　*　　　*

쾌도비는 예건후를 만나보기로 마음을 굳혔다.

그가 위험을 무릅쓰고 북경에 온 이유는 오로지 하나, 누나

의 유언을 이행하기 위해서다.

그는 예건후가 누나하고 깊은 연관이 있을지도 모른다고 확신하고 있다.

쾌도비는 어제 미처 생각하지 못했던 또 한 가지 중요한 사실을 기억해 냈다. 누나의 이름이 예지연으로 누나 역시 예씨 성을 쓴다는 사실이다.

그렇다면 쾌도비와 누나, 예건후 세 사람이 모두 같은 성이라는 것이다.

처음에 서류에서 예건후라는 이름을 봤을 때 쾌도비는 묘한 상상을 했었다.

즉, 예건후가 누나의 남편이었으며 자신이 두 사람의 아들일지도 모른다는 어이없는 상상이다.

그렇다면 그가 여태까지 누나로 알고 있었던 사람이 누나가 아니라 사실은 어머니였다는 얘기가 된다.

하지만 그런 말도 안 되는 상상은 오래가지 않았다. 누나 역시 예씨라는 사실을 기억해 냈기 때문이다.

그래서 상상은 또 다른 방향으로 비약되었다. 어쩌면 예건후라는 인물이 가족이나 친척, 어쩌면 형제지간이 아닐까 하는 것이다.

말하자면 예건후가 맏이고 누나가 둘째, 그리고 쾌도비 자신은 터울이 많은 막내 동생일지도 모른다는 식이다. 어쩌면 형제가 더 있을지도 모른다.

그렇다면 누나는 무엇 때문에 오빠인 예건후를 찾아서 죽이라고 한 것인가, 라는 의문이 또 생긴다.

그렇게 의문은 꼬리에 꼬리를 물고 이어졌다. 하지만 모두 풀리지 않는 의문일 뿐이다.

그걸 후련하게 풀자면 예건후를 직접 만나서 물어보는 방법밖에 없는 것이다.

그런데 만사당주 문정호의 말에 의하면 예건후는 대부분의 시간을 팔신궁 본궁 안에서 지낸다는 것이다.

집은 북경 성내에 있지만 가족들끼리만 살고 있으며, 요즘 들어서 팔신궁의 일이 워낙 바쁜 탓에 그가 집에 가는 경우는 매우 드물다고 한다.

무정도를 잡는 일 때문에 평소보다 더욱 바쁘다고 하는데, 결국 쾌도비는 자기 자신이 저지른 일로 인해서 예건후를 만나는 것이 어렵게 돼버렸다.

팔신궁의 당주는 여섯 명이며 팔신 중에서 넷째 등급인 섬광호신으로 이루어졌고, 팔신장로는 셋째 등급인 봉(鳳) 환우봉신(寰宇鳳神)이다.

무적용신은 팔신궁에 네 명뿐이며 장로보다 높은 부궁주(副宮主)의 지위라고 하는데, 청룡(靑龍), 백호(白虎), 주작(朱雀), 현무(玄武) 중에서 예건후는 백호궁주(白虎宮主)라는 것이다.

쾌도비는 어젯밤에 문정호를 적월루에 다시 데리고 가서 술을 대접하며 꽤 많은 정보를 얻어냈다.

문정호는 예건후뿐만 아니라 다른 한 명인 섬광호신에 대해서도 쾌도비가 묻지 않았는데도 봇물이 터진 듯 줄줄 설명했으며, 현재 팔신궁이 행하고 있는 몇 가지 일에 대해서도 주절주절 다 얘기해 주었다.

늦은 아침 무렵. 쾌도비는 팔신궁 전문 앞을 벌써 다섯 번째 지나가고 있는 중이다.

문정호는 백호궁주인 예건후가 과연 언제 팔신궁 밖으로 나올지 만사당주인 자신으로서도 알 수 없다고 고개를 내저은 터라서, 쾌도비는 뭔가 방법을 모색하기 위하여 오늘 아침부터 팔신궁 주변을 빙빙 돌면서 배회하고 있는데, 다섯 번째로 전문 앞을 지나갈 때쯤에는 이러는 것이 아무 소용없다는 사실을 깨달았다.

전문 앞에는 양쪽에 두 명씩 팔신궁 고수 네 명이 삼엄하게 지키고 있으며, 그가 너무 자주 왔다 갔다 하면 이상하게 생각할 수도 있다.

그래서 쾌도비는 이번을 마지막으로 팔신궁 전문 앞을 떠나서 다른 방법을 강구하기로 했다.

그런데 그가 막 전문 앞을 지나가고 있을 때 뒤쪽에서 날카로운 여자의 목소리가 터져 나왔다.

"물러서라!"

쾌도비는 전문 앞을 지나가고 있는 행인들에게 섞여서 빠르게 몇 걸음 나아가며 힐끗 뒤돌아보았다.

두리번거리면서 찾아볼 것도 없이 눈에 확 띄는 일단의 무리가 그의 시야로 쏘아 들어왔다.

그들은, 아니, 그녀들은 다섯 필의 준마에 탄 상태에서 대로 한복판을 기세등등하게 오고 있었다.

다각다각…….

쾌도비는 다섯 필의 준마에 타고 있는 다섯 명의 여자에게서 시선을 떼지 못했다.

그것은 사념 때문이 아니라 순전히 한 사람의 강호인으로서의 강한 호기심이다.

그녀들의 모습과 기세가 한눈에도 범상하게 보이지 않았기 때문이다.

다섯 필의 준마 중에서 네 필은 잡티 하나 없는 새카만 흑마이며, 그 위에는 십대 후반에서 이십대 초반의 네 소녀가 도도한 자세로 앉아 있다.

그러나 무엇보다도 쾌도비의 시선을 잡아끈 사람은 네 명의 소녀의 호위를 받고 있는 복판의 소녀였다.

네 필의 흑마 한가운데에는 역시 잡티 한 점 섞이지 않은 눈보다 더 흰 백마가 앞발을 높이 쳐들면서 당당하게 전진하고 있으며, 마상에는 거리의 모든 사람의 시선을 한 몸에 받고 있는 한 소녀가 꼿꼿한 자세로 앉아서 말고삐를 잡고 있다.

쾌도비가 백마 소녀에게 시선을 주는 순간 느낀 것은 단지 눈부시다는 사실뿐이다.

백마 소녀는 여러 가지 현란한 색깔이 수를 놓은 듯 고르게 섞인 비단옷을 입었다.

새카만 구름 같은 머리카락을 틀어 올려 비녀를 꽂았는데 귓가로 한 올의 귀밑머리가 길게 흘러내려 있고, 양어깨에는 두 자루 찬란한 보검을 메고 있다.

그녀는 마치 천상에서 방금 뚝 떨어져 내린 듯한 환상적인 모습이며, 하늘로부터 신비한 서기가 그녀에게만 내리비추고 있는 듯한 광경이었다.

쾌도비뿐만 아니라 근처의 모든 사람이 백마 소녀를 바라보면서 꿈을 꾸고 있는 듯 몽연한 표정이다.

그녀는 나이를 가늠하기가 어려웠다. 몇 겹의 신비함과 고결함, 청초함, 천상의 절색미모 따위가 그녀를 휘감고 있기에 나이는 물론이고 용모조차도 자세히 살필 수가 없다.

"물러서라!"

그때 선두의 흑마 소녀가 또다시 나직하고도 힘찬 목소리로 호통을 치며 섬섬옥수로 쥐고 있는 말채찍을 허공에 대고 흔들었다.

파파팡!

단지 말채찍일 뿐인데 그것에 얻어맞은 허공은 죽을 듯한 비명을 터뜨렸다.

그 기세에 놀라 사람들이 우르르 사방으로 물러나면서 넘어지고 밟히며 난장판이 벌어졌다. 그런데도 사람들은 백마 소녀에게서 시선을 떼지 못했다.

하지만 쾌도비는 말채찍 소리에 퍼뜩 정신을 차리고 잠시 정신이 나가 있었던 자신을 꾸짖었다. 낯선 소녀의 미색에 정신이 팔려 있다니 그답지 않았다.

'정신 차려라, 쾌도비.'

그는 사람들과 함께 물러나면서 마상의 소녀들 모습을 대충 살펴보았다.

백마 소녀는 여러 가지 색이 섞인 비단옷을 입었는데 모두 여덟 개의 색이다.

말 등을 덮는 긴 치마를 입었으며 그 역시 여덟 가지 색이 세로로 수놓인 듯한 모습이다.

그리고 흑마 소녀들 역시 여러 색이 섞인 경장을 입었는데 다섯 가지 색깔이다. 그녀들의 미모도 출중했으나 백마 소녀에 비할 바가 아니다.

그것을 보고 쾌도비는 그녀들이 신분을 색깔의 많고 적음으로 구분할 것이라는 생각이 들었다.

다각다각…….

그녀들을 태운 다섯 필의 말은 대로에서 방향을 꺾어 팔신궁 전문으로 향했다.

쾌도비는 그녀들이 팔신궁을 찾아온 손님이라는 사실을 깨닫고 정신이 번쩍 들었다.

그렇다면 팔신궁과 적대하고 있는 쾌도비로서는 그저 심상하게 봐 넘길 일이 아니다.

그녀들, 아니, 백마 소녀가 대체 누구며 팔신궁에 무엇 때문에 왔는지 궁금해졌다.

그때 쾌도비의 시선이 네 명의 흑마 소녀가 지니고 있는 무기에 고정되었다.

'저 무기는?

쾌도비의 앞을 스쳐 지나고 있는 흑마 소녀는 등허리에 한 쌍의 반월 모양의 반월도를 차고 있었다. 반월도 두 자루를 모으니까 둥근 원형이 되었다.

더구나 그녀들은 허리 앞쪽, 그러니까 배 아래쪽에 돌돌 말린 검은색의 채찍을 차고 있다.

쾌도비는 얼마 전에 저런 무기를 지니고 있는 여고수들을 본 적이 있었다.

그가 흑심녀, 광족, 정술과 함께 강탈했던 마차를 지키던 은의녀들이다.

쾌도비가 직접 그녀들을 제압하여 그중에 한 명을 지독한 방법으로 심문을 하고 풀어주기까지 했으니까 잘못 봤을 리가 없다.

강호에는 같은 무기를 지니고 다니는 사람이 많지만 반월도처럼 특이한 무기를, 그것도 두 자루를 지니고 다니는 여자는 흔하지 않다.

더구나 색깔은 다르지만 채찍까지 지니고 있는 데다 그것들을 차고 있는 부위까지 똑같다면 같은 집단에 속한 여자들이라고 봐야 한다.

쾌도비는 백마 소녀를 다시 한 번 쳐다보았다. 그녀가 이 집단의 우두머리는 아니라고 해도 최소한 매우 높은 신분일 것이라는 생각이 들었다.

때마침 오만한 동작으로 주위를 천천히 둘러보던 백마 소녀의 눈길이 막 쾌도비를 스쳐 지나고 있었다.

그녀의 시선은 쾌도비를 스쳐 지났다가 다시 돌아와 그를 응시했다.

마치 주변의 경치를 감상하다가 뭔가 특이한 것을 발견한 듯한 행동이고 눈빛이다.

쾌도비는 그녀를 마주 주시했다. 팔신궁에 찾아온 손님이

라면 적이 분명하기 때문에 그 자신도 모르게 이글거리는 눈
빛으로 쏘아보았다.

　백마 소녀의 커다랗고 흑백이 또렷한 두 눈에서 흘러나온
눈빛은 처음에는 추수처럼 서늘하고 깊었으나 쾌도비의 이글
거리는 눈빛을 접하고는 살짝 아미가 찌푸려졌다.

　그러나 쾌도비는 곧 그녀를 외면하고 몸을 돌려 이 자리를
떠나려고 걸음을 옮겼다.

　백마 소녀는 짧은 순간 어이없는 표정을 지었다. 모두들 자
신의 미모에 넋을 잃고 있는데 저 수염투성이 청년은 오히려
죽일 듯한 눈빛으로 잠시 쏘아보다가 외면을 해버렸기 때문
에 약간 자존심에 상처를 입었다.

　"어서 오시오!"

　그때 팔신궁 전문 쪽에서 우렁찬 목소리가 들려왔기 때문
에 백마 소녀는 저만치 뒷모습을 보인 채 걸어가고 있는 큰
체구의 청년에게서 시선을 거두어 전문을 쳐다보았다.

　쾌도비도 걸어가다가 목소리를 듣고는 걸음을 멈춰 전문
을 쳐다보다가 흠칫했다.

　팔신궁 전문이 활짝 열려 있으며 그곳에 네 인물이 나란히
서서 백마 소녀 일행을 맞이하고 있었다.

　그런데 그들 네 명은 일견하기에도 팔신궁에서 높은 지위
에 있는 인물이 분명했다.

　네 명 모두 사십대 중후반에서 오십대 중반에 이르는 연령이며 번뜩이는 장삼이나 장포를 입었고 전신에서 풍기는 기도가 파도 같았다.

　특히 그들이 네 넝이라는 사실 때문에 쾌도비는 집히는 바가 있어서 자세히 살펴보았다.

　팔신궁의 부궁주인 무적용신이 네 명이라서 어쩌면 이들일 것이라는 생각이 들었고, 이들 중에 어쩌면 그가 찾는 예건후가 있을지도 모르기 때문이다.

　그는 그들 중에서 예건후의 나이 대, 즉 사십대 중후반의 인물을 골라냈는데 두 명이다.

　한 명은 홍포를 입은 퉁퉁한 체구에 수염을 길렀으며, 다른 한 명은 키가 크고 어깨가 딱 벌어진 건장한 체구에 은의 장삼을 입고 있었다.

　쾌도비는 키가 크고 건장한 은의 장삼인이 예건후일 것이라고 짐작했다.

　무엇 때문인지는 모르지만 그냥 그가 예건후일 것이라는 확신이 섰다.

　어쩌면 그의 키가 매우 크고 건장하며 제법 준수한 용모이기 때문에 부지중 그를 선택했을지도 모른다.

　이유는 은의 장삼인과 쾌도비 자신이 여러 면에서 꽤나 닮았기 때문인데, 그를 선택할 당시에는 그런 사실을 전혀 느끼지 못했다가 잠시 후에야 그가 자신과 많이 닮았다는 사실을 깨닫고 움찔 놀랐다.

은의 장삼인은 원래 수염을 기르지 않는 듯하지만, 며칠 동안 면도를 하지 않은 탓에 새치가 약간 섞인 수염이 덥수룩한 모습이다.

약간 긴장한 쾌도비는 은의 장삼인에게서 시선을 떼지 못하고 뚫어지게 주시했다.

그러면서 그는 자신이 이십오륙 년쯤 후에는 저런 모습으로 변할 것이라는 생각이 무심결에 들었다.

그를 주시하는 동안 너무 묘해서 뭐라고 설명하기 어려운 감정이 가슴속과 머릿속에서 어지럽게 교차했다.

'빌어먹을!'

쾌도비는 이상하게도 기분이 더러워져서 속으로 욕설을 퍼부었다.

백마 소녀와 네 명의 흑마 소녀가 전문 가까이 다가가자 팔신궁에서 나온 네 명의 부궁주, 즉 사신무적(四神無敵)으로 짐작되는 인물들이 정중하게 포권을 했다.

그렇게 백마 소녀는 사신무적의 영접을 받으면서 팔신궁 안으로 들어갔고 곧 전문이 굳게 닫혔다.

쾌도비는 거리를 걸어가면서 깊은 생각에 잠겼다. 그의 머릿속에는 조금 전에 직접 본 예건후라고 짐작되는 인물에 대한 여러 가지 상상과 짐작으로 가득 찼다.

"제기랄!"

그는 결론도 나지 않고 머리만 어지럽히는 예건후에 대한 생각 따윈 집어치웠다.

예건후하고 해결할 일은 생각해서 되는 일이 아니고 직접 만나야만 한다.

그전에 이것저것 꿍꿍거리면서 머리를 쓰는 것은 스스로의 정신과 마음에 상처를 내는 자해와 다름없다.

그가 걷다가 갑자기 욕설을 내뱉는 바람에 행인 몇 명이 그를 쳐다보았지만 무시하고 계속 걸었다.

그런데 그는 문득 이상한 느낌을 받았다. 누군가 자신을 주시하고 있는 듯한 느낌이다.

그래서 걸음을 멈추고 주위를 둘러보았으나 행인들은 모두 제 갈 길을 가기 바쁜 모습이고, 특별하게 신경이 쓰이는 사람은 없었다.

더 멀리 대로 양쪽과 건물들의 이 층 혹은 삼 층을 둘러보았지만 결과는 마찬가지다.

그의 느낌은 보통 사람들에 비해서 매우 강렬한 편이다. 이런 식으로 누군가 쳐다보고 있든가 아니면 살기를 뿜어내는 경우에 그는 어김없이 간파해서 미리 대처했었다.

그런데 지금은 뭔가 어긋난 듯한 기분이다. 느낌이 틀렸거나 아니면 몰래 쳐다보고 있는 자가 완벽하게 은신하고 있을지도 모르기 때문이다:

쾌도비는 자신을 주시하고 있는 듯한 느낌이 계속 감지되고 있어서 맹탁의 주루로 가지 않았다.

이런 불확실한 상황에서 불똥을 맹탁 등에게 튀게 할 수는 없는 노릇이다.

그는 지금까지 그랬듯이 이번의 느낌도 누군가 자신을 노리고 있는 것이 분명하다고 확신했다.

사람들은 스스로의 본능이나 느낌으로부터 단지 부수적인 영향을 받을 뿐이지만, 그는 그런 것에 의존하는 성향이 많은 편이다. 과거에 그런 것 덕분에 위기에서 벗어난 경험이 많았기 때문이다.

오늘 저녁에 또다시 만사당주 문정호를 만나기로 약속이 되어 있는데 그대로 강행했다.

주루 밀실에 문정호와 마주앉은 그는 오른팔의 공력을 두 귀로 이동하여 청력을 극대화시켜서 주위에서 일어나는 소리를 감지해 보았다.

팔신궁 전문 앞을 떠난 이후 누군가 자신을 감시하는 느낌을 받고 나서 몇 번이나 청력을 극대화시켰었으나 주변의 잡

다한 소리만 감지될 뿐 아무것도 잡아내지 못했었다.

지금도 마찬가지다. 밀실 밖의 주루와 거리, 그리고 건물 안팎에서 일어나는 무수한 행동과 말소리가 감지되었으나 특이한 것은 없었다.

그렇다고 문정호를 앞에 앉혀놓은 상황에서 감지되고 있는 수천 가지 소리를 한가하게 하나씩 분류하고 있을 수는 없는 노릇이다.

이때쯤 문정호는 쾌도비가 자신을 인간 대 인간으로서 좋아하고 있는 것이라고 믿게 되었다.

"오늘 말을 탄 소녀들이 팔신궁으로 들어가던데 그녀들이 누구요?"

쾌도비가 따라준 술을 한 잔 마시고 난 문정호는 빙그레 미소를 지었다.

"사신 중 하나인 여의루의 여의천비(如意天秘)일세."

"여의루?"

쾌도비는 표정이 변했다. 설마 그녀들이 사신의 하나인 여의루의 여고수일 줄은 짐작조차 하지 못했었다.

"여의천비가 누구요?"

"여의루의 소루주(小樓主)이며 강호육비의 한 명이지."

"강호육비……."

쾌도비는 아까 백마를 탄 눈부신 소녀가 여의천비일 것이라고 짐작했다.

아직 이십 세를 넘지 않은 것 같은데 강호육비의 한 명이라
니 대단하다는 생각이 들었다.

"그녀는 작년에 육비가 됐네."

"…되다니, 그게 무슨 뜻이오?"

쾌도비는 강호인이면서도 어떤 경로를 통해서 육비가 되
는지 아직도 모르고 있다.

그의 관심사는 오로지 흑청사 문신을 찾는 것뿐이었고, 사
신육비하고는 상관이 없는 강호의 맨 밑바닥에서만 놀았기
때문이다.

"여의천비는 작년 봄에 육비였던 단천파황비(斷天破荒秘
神)를 죽이고 육비의 위에 올랐다네. 원래 별호는 여의천녀였
는데 육비가 되면서 자연히 여의천비로 바뀌었지."

"육비를 죽이면 육비가 되는 것이오?"

"당연한 걸 묻나? 그렇지 않으면 육비는 하늘에서 뚝 떨어
진다는 말인가?"

쾌도비는 이제야 비로소 강호육비가 어떻게 해서 생겨나
는지 알게 되었다.

"그렇다면 무정도가 흑창사비를 죽였으니까 그도 강호육
비가 된 것이오?"

쾌도비는 그런 것에는 관심이 없지만 말이 나온 김에 궁금

해서 물어보았다.

문정호는 요리를 입안에 가득 넣고 우물우물 씹으면서 고개를 끄떡였다.

"그렇다네. 그의 별호가 무정도니까 자연히 무정도비(無情刀秘)로 불리게 되겠지."

그는 목이 메는지 주먹으로 가슴을 두드리고 술 한 잔을 마신 후에 말을 이었다.

"그렇지만 본 궁과 황궁에서 무정도를 공적(公敵)으로 삼았기 때문에 북경 일대의 강호인은 무정도를 무정도비라고 부르는 것을 많이 삼가고 있다네."

쾌도비는 고개를 끄떡이면서 아무 말도 하지 않았으나 머릿속에서는 생각이 복잡했다.

그는 강호육비가 되려는 생각은 추호도 없었다. 단지 흑창사비 용연풍이 독한 마음을 품고 앞을 가로막았기에 급습을 해서 죽였을 뿐이었다.

그랬는데 그는 자신이 추호도 원한 적이 없었던 강호육비가 되어버렸다.

그것도 팔신궁과 황궁이 혈안이 돼서 찾고 있는 공적의 몸이 말이다. 하지만 그는 기쁜 마음은 전혀 들지 않았으며 그저 씁쓸했다.

그것보다는 여의루의 소루주인 여의천비가 팔신궁에 왔다

는 사실이 매우 신경이 쓰였다.

아까 여의천비를 호위하고 있던 네 명의 소녀가 지니고 있던 한 쌍의 반월도와 채찍은 쾌도비 등이 강탈한 마차를 호위하고 있던 은의녀들의 무기와 똑같았다.

그렇다면 은의녀들은 여의루의 여고수이고 쾌도비 등은 여의루의 돈과 보물을 강도질했다는 말이 된다.

엄청난 실수를 저질렀다. 숙호충비(宿虎衝鼻), 잠자는 호랑이의 코를 찌른 것이다.

마차가 여의루의 것인 줄 사전에 미리 알고 있었더라면 아무리 돈이 궁했어도 마차를 터는 무모한 짓 따위는 하지 않았을 것이다.

쾌도비는 여의루하고는 아무런 은원 관계도 없는 상황인데 만약 이 일이 발각된다면 여의루가 그를 그냥 내버려 둘 리가 없다.

개봉과 난봉에 있는 광족과 정술, 그리고 어디론가 떠났을 흑심녀가 걱정이 됐다.

그리고 그들이 여의루에 붙잡혔을지도 모른다는 생각에 마음이 편하지 않았다.

붙잡혔다면 그들은 필경 고문을 당할 것이고 알고 있는 사실을 모조리 실토할 것이다.

사신의 하나인 여의루 정도의 세력과 실력이라면 강도를

당했던 인무객잔부터 차근차근 조사를 해서 광족과 정술 등을 색출해 내는 일은 어렵지 않을 터이다.

그렇다면 그 강도질에 쾌도비, 즉 무정도가 개입되어 있다는 사실을 여의루가 알아내는 것은 시간문제다.

흑심녀와 광족 등은 쾌도비가 공범이라고 실토할 테고, 여의루는 쾌도비, 즉 탈명도가 무정도라는 사실을 알고 있을 테니까 말이다.

“도제, 자네 여의천비가 무엇 때문에 본궁에 왔는지 알고 싶지 않나?”

문정호는 쾌도비가 생각에 잠겨서 오랫동안 말이 없자 자기가 먼저 화젯거리를 만들었다.

“무엇 때문이오?”

“무정도를 잡고 천절문을 공격하기 위해서 본 궁이 도움을 요청했는데 여의루가 수락한 것일세.”

쾌도비는 가슴이 덜컥 내려앉았다. 팔신궁이 천절문을 치려고 사신의 또 다른 두 방파인 북황도와 여의루를 끌어들이려고 노력한다는 소문은 들은 적이 있었으나 그것이 현실이 될 줄은 예상하지 못했었다.

팔신궁이 여의루와 합세하여 천절문을 공격하는 것 따위는 관심이 없다.

그러나 문제는 천절문에 주소옥이 있으며 그녀는 머지않

아서 천절문주 영호승의 부인이 될 것이라는 사실이다.

팔신궁과 여의루가 천절문을 공격하려는 목적은 오로지 주소옥을 죽이려는 것이 분명하다.

하지만 그것보다 발등의 불은 여의루가 흑심녀와 광족, 정술을 찾아내서 실토를 받아내면 쾌도비가 위험해진다는 사실이다.

광족과 정술은 쾌도비가 북경으로 간 것을 알고 있으니 여의루는 북경을 대대적으로 수색할 것이다. 아니, 팔신궁까지 합세하면 쾌도비는 절대로 북경에 발을 붙이고 있을 수 없을 것이다.

그렇게 되면 북경에서 예건후에게 접근하려는 것을 시도조차 해보지 못하게 된다.

"사실 이 모든 사건의 배후에는 황궁이 있다네. 도제 자네야 별 관심이 없겠지만 심심풀이 삼아 내 애길 들어보게."

쾌도비는 마음이 급해서 문정호의 말이 귀에 잘 들어오지도 않았다.

광족 등이 여의루에 붙잡혔다면 그로서도 무슨 조치를 취해야 하는 상황인데 어떻게 손을 써야 할지 결정을 내리지 못했다.

쾌도비의 심중을 짐작조차 하지 못하는 문정호는 그에게 번번이 신세를 진 보답을 해야 한다는 생각에 팔신궁 내에서도 지위가 높은 인물들만 알고 있는 비밀스러운 이야기를 꺼내놓았다.

"원래는 태자가 강호육비의 철장잔비 담자능에게 남령부의 자봉공주를 죽이라고 일임을 했었다네. 그런데 담자능은 예전부터 친분이 있는 본 궁의 궁주 무황천신께 그 일을 맡겼던 걸세."

쾌도비는 흑심녀 등의 일을 어떻게 할 것인지 궁리를 하면서 한편으로는 문정호의 말에 조금 흥미가 생겼다.

"담자능과 팔신궁주가 아무리 절친하다고 해도 그런 큰일을 쉽게 수락했다는 사실이 이해하기 어렵소."

"그렇겠지. 하지만 거기에는 모종의 거래가 있었네. 본 궁의 무황천신으로서도 뿌리치기 어려운 조건이지."

문정호는 쉴 새 없이 먹고 마시면서 의미심장한 미소를 지어 보였다.

"무슨 거래요?"

"이건 자네만 알고 있어야 하네."

문정호는 상체를 쾌도비 쪽으로 기울이면서 목소리를 한층 낮추었다.

"팔신궁이 주소옥을 죽여주는 대가로 황궁은 팔신궁에 십년 간 염전권(鹽專權)을 주기로 했네."

"염전권?"

"소금 전매권일세."

쾌도비는 이해할 수 없다는 표정을 지었다. 팔신궁이 별것 아닌 소금을 전매하는 권한 같은 것을 얻어서 무얼 하겠다는 것인지 알 수가 없다.

문정호는 그럴 줄 알았다는 듯 빙그레 미소 지었다.

"염전(鹽田)에서 소금 백 근에 얼마인 줄 아나?"

"모르오."

"구리돈 백 냥일세. 그렇지만 염전에선 개인적으로 소금을 매매할 수 없네. 나라에서 전량 사들이기 때문이지. 불법으로 소금을 매매하면 극형에 처해지네."

문정호는 자신이 하게 될 이야기가 미리부터 재미있다는 표정을 지었다.

"염전에서 한 근에 구리돈 한 냥에 구입한 소금이 백성들에게 팔릴 때에는 한 근에 구리돈 삼십 냥이 된다네. 이문과 세금이 포함된 가격이지."

쾌도비는 거리에서 팔리는 소금이 얼마인지는 모르지만 그 정도일 것이며 비싼 가격은 아니라고 생각했다.

그렇지만 염전에서 한 냥에 사들인 한 근의 소금이 삼십 배인 삼십 냥에 팔린다는 사실을 알고 나서는 소금이 매우 비싸다는 생각이 들었다.

"사람은 소금 없이는 하루도 살아갈 수가 없네. 물이나 공기처럼 소금을 먹지 못하면 죽기 때문일세. 황궁은 자봉공주를 죽여주는 대가로 본 궁에게 천하 전체에서 생산되는 모든 소금의 염전권을 주기로 한 걸세.”

잠시 생각해 보던 쾌도비는 그 액수가 어마어마하다는 사실을 깨닫게 되었다.

그에 비하면 그가 여의루 마차에서 강탈한 돈과 보물은 새 발의 피다.

그 정도 금액은 팔신궁이 염전권으로 하루에 벌어들이게 될 액수보다도 적을 것이다.

“얼마 전에 본 궁은 북황도와 여의루에 약간의 성의를 보였다네.”

문정호는 또 다른 얘기를 꺼냈다.

쾌도비는 비로소 첫 잔을 입에 댔다.

“그들이 그걸 받는다면 본 궁에 협조를 하겠다는 의미지. 그런데 오늘 여의루가 온 걸 보면 본 궁의 성의를 잘 받았다는 뜻이지.”

문득 쾌도비는 생각나는 것이 있었다.

“성의가 무엇이오?”

“막대한 금화와 보물일세.”

“음.”

쾌도비는 자신이 강탈한 마차의 물건이 팔신궁이 여의루에 협조해 달라는 뜻으로 성의로 보낸 것이라는 사실을 비로소 알게 되었다.

강호에서는 팔신궁이 비열한 짓을 하고 있기 때문에 북황도와 여의루가 팔신궁에 협조하지 않을 것이라는 소문이 비등했었다.

그렇지만 팔신궁에서 여의루에 보낸 성의가 중간에서 사라져 버렸다.

그러므로 여의루주는 팔신궁의 성의를 직접 보고 가부를 결정하지 못하고 어쩔 수 없이 협조해야만 하는 상황에 처했음이 분명하다.

팔신궁의 제의를 거절하려면 그들이 성의로 보낸 물건을 고스란히, 그리고 똑같이 돌려보내야 하는데 강탈당했기 때문에 그럴 수가 없었을 것이다.

'이런…….'

이것은 비록 쾌도비의 짐작이지만 아마 거의 분명할 것이다. 말하자면 그가 마차를 강탈했기 때문에 여의루는 팔신궁에 협조할 수밖에 없는 상황이다.

쾌도비는 자신이 해야 할 일이 무엇인지 비로소 결정을 내리고 자리에서 벌떡 일어섰다.

"급히 해야 할 일이 생각났소. 이만 실례하겠소."

월명성희(月明星稀)
—달이 밝으면 별빛이 희미해진다

문정호와 헤어진 쾌도비는 그 길로 개봉을 향해 전력으로
질주했다.

개봉 인근 독중산 깊은 산중에 감춰놓은 쇠 상자들이 아직
그대로 있다면 그것을 북경으로 가져다놓으려는 것이다.

그래서 여의루 소루주라는 여의천비를 무슨 수를 써서라
도 만나서 쇠 상자들을 되돌려 주면서 팔신궁에 협조하지 말
라고 부탁할 생각이다.

대금원보 네 개를 꺼내서 썼지만 그 정도는 빙산의 일각이
니까 넘어가 줄 터이다.

여의루로서도 팔신궁에 협조하고 싶은 생각이 전혀 없지만 마차를 강탈당했기 때문에 어쩔 수 없는 상황일 테니까, 물건을 되돌려 받아 팔신궁에 건네주면서 결정을 번복할 것이라는 게 쾌도비의 생각이다.

그러니까 여의루가 광족과 정술 등을 잡아서 실토를 받아 돈을 찾아내기 전에 쾌도비가 먼저 돈을 다른 곳으로 빼돌려야만 한다.

여의루가 직접 찾아내는 것하고 쾌도비가 스스로 돌려주는 것하고는 하늘과 땅 차이가 있기 때문이다.

그가 다음 날 한밤중에 독중산에 도착해 보니 다행히 깊은 산중 계곡에 묻어놓은 열 개의 쇠 상자는 고스란히 그대로 있었다.

광족 등이 아직 여의루에 붙잡히지 않은 것인지, 잡혔지만 실토를 하지 않은 것인지는 모르지만 어쨌든 하늘이 도왔다고 할 수 있다.

쾌도비는 난봉에서 구해서 끌고 갔던 마차에 쇠 상자를 모두 싣고 서둘러서 북경을 향해 출발했다.

쾌도비가 떠난 지 한 시진쯤 지난 후에 한 무리의 사람이 쇠 상자들이 묻혀 있었던 계곡에 나타났다.

"어디냐?"

앙칼지면서도 나직한 여자의 호통에 이어서 두 사람이 앞
장서서 금방이라도 쓰러질 듯 비틀거리며 계곡 안쪽으로 걸
어 들어갔다.

"저… 저깁니다……."

두 명은 캄캄한 전방에 키가 매우 큰 나무가 있는 곳을 가
리키며 더듬거렸다.

휘익!

두 사람의 말이 떨어지기 무섭게 여섯 개의 희고 붉은 인영
이 나무가 있는 곳으로 쏘아갔다.

나무 옆에는 커다란 구덩이가 파여 있었으며 안에는 아무
것도 없었다.

"여기가 틀림없느냐?"

백, 홍, 청 삼색의 옷을 입고 있는 청파루주가 자신의 앞에
나란히 무릎을 꿇고 있는 두 명을 굽어보며 싸늘한 목소리로
물었다.

"트… 틀림없습니다요……."

"여기가… 분명합니다……."

얼굴을 알아볼 수 없을 정도로 짓이겨진 광족과 정술은 온
몸을 부들부들 떨면서 자신들의 옆에 깊게 파인 구덩이를 힐
끗거렸다.

두 사람은 같이 정술의 거처인 난봉 홍앵루에서 기녀들을 불러놓고 흥청망청 술을 마시고 있다가 느닷없이 들이닥친 청파루주 등에게 저항조차 해보지 못하고 붙잡혔으며 그것이 불과 한 시신 전이었다.

두 사람은 잡힌 장소에서 고문을 당했으며 한바탕 무차별 두들겨 맞고는 청파루주가 물어보는 모든 것에 대해서 술술 실토했다.

청파루주는 광족과 정술 같은 잡놈들이 거짓말을 했을 것이라고는 생각하지 않았다.

그렇다면 나머지 두 명의 공범인 쾌도비와 흑심녀 중 누군가 쇠 상자들을 가져갔다는 뜻이다.

"자, 너는 쾌도비와 흑심녀라는 연놈에 대해서 자세히 설명해 봐라."

청파루주는 결코 서두르지 않고 명령했다. 많은 경험을 갖고 있는 그녀는 이럴 때일수록 신중하게 일을 처리해야 한다는 사실을 잘 알고 있었다.

"죽여라."

쾌도비와 흑심녀에 대한 설명을 다 듣고 난 청파루주는 몸을 돌리면서 짧게 명령했다.

자신들이 진심으로 협조를 하면 목숨만은 건질 수도 있을 것이라고 한 가닥 희망을 품고 있었던 광족과 정술은 청파루주의 명령에 사색이 되어 수없이 절을 하면서 빌었으나 통할 리가 없다.

"루주, 속하가 죽이게 해주세요."

마차를 호송했던 네 명의 은의녀 중 한 명이며, 아무에게도 말할 수 없는 치욕을 쾌도비에게 당했던 호연은 등허리의 반월도를 뽑으면서 청파루주에게 부탁했다.

"알아서 해라."

청파루주의 말이 떨어지자마자 극도로 겁에 질린 광족과 정술은 벌떡 일어나더니 계곡 입구 쪽으로 허겁지겁 미친 듯이 달렸다.

호연은 두 눈에서 독한 눈빛을 흘리면서 양손에 나누어 쥔 한 쌍의 반월도를 도망치고 있는 광족과 정술을 향해 짧고 간명한 동작으로 던졌다.

쉬리리―

한 쌍의 반월도는 매우 독특한 파공음을 내면서 날아가 동시에 광적과 정술의 목을 스치고 지나갔다.

잘라진 두 사람의 수급이 맥없이 땅에 굴러 떨어지고, 머리를 잃은 몸뚱이가 달리던 힘에 의해서 몇 걸음 더 비틀거리면서 걸어가고 있을 때, 한 쌍의 반월도는 허공에서 완만한 곡선을 그리면서 서늘한 광채를 남기며 호연의 수중으로 돌아왔다.

척—

호연은 반월도를 등허리의 도실에 꽂으면서 이런 식으로 똑같이 쾌도비를 죽이겠다고 다시 한 번 다짐했다.

두 마리 말이 끄는 마차를 몰고 쾌도비는 동이 터올 무렵에 하북성에 들어서 남락현(南樂縣)을 막 지났다.

이대로 계속 달리면 오늘 해가 지기 전까지는 북경에 도착할 수 있을 것이라 예상했다.

저 멀리 관도 앞쪽에 도도히 흐르고 있는 강이 보였다. 형하(衛河)라는 강인데 동쪽으로 흐르다가 동남운하(東南運河)와 합쳐져서 천진(天津)으로 향한다.

여기서부터는 서둘러도 소용이 없다. 강을 건너는 첫 번째 도선(渡船)은 아침 진시(辰時:8시경)에 뜨기 때문에 족히 한 시진 이상을 기다려야만 한다.

쾌도비는 포구 근처에 있는 주루 앞에 마차를 세워두고 아침 식사를 하기 위해서 주루로 들어가 마차가 잘 보이는 창가에 앉아서 창을 약간 열어놓았다.

주문한 탕과 밥이 나오자 식사를 하면서 틈틈이 창밖을 내다보며 마차를 확인했다.

이틀 전 저녁에 문정호와 마주 앉았을 때 술과 요리를 먹는 둥 마는 둥 한 것이 식사로써는 마지막이었기에 허기가 많이 진 탓에 밥을 먹다가 대략 다섯 호흡쯤 창밖을 내다보는 것을 게을리했다.

그리고는 다시 내다봤을 때 그는 흠칫했다. 마차 주위에 낯선 여고수 대여섯 명이 둘러서서 마차를 유심히 살펴보고 있었기 때문이다.

본능적으로 뭔가 좋지 않다고 생각하고 있는데 그때 낯익은 얼굴이 보였다.

호연이다. 그녀의 이름은 모르지만 광족의 장원 창고에서 실토를 시킬 작정으로 욕을 보였던 은의녀가 분명했다. 그녀가 이곳에 나타난 것이다.

'여의루다!'

그는 내심 움찔했다. 이런 곳에서 여의루 여고수들과 마주칠 줄은 예상하지 못했다.

차륵—

그때 주루 입구의 주렴이 걷히는 소리가 들리면서 누군가 들어오는 기척이 나자 그는 반사적으로 밖에 있는 여고수들과 일행일 것이라고 직감했다.

어떻게 할까 망설이고 있는데 마차를 살피던 여고수들이 주루 입구로 이동하기 시작했다.

순간 그는 창을 반쯤 열고 몸을 날려 미끄러지듯이 밖으로 빠져나갔다.

여고수들이 주루 안으로 들어오는 순간에 그는 밖으로 나가서 마차를 몰고 사라지려는 것이다.

"앗! 손님! 음식 값을 주고 가셔야죠!"

그런데 때마침 쾌도비를 발견한 주루의 점소이가 그가 음식 값을 떼어먹고 도망치는 것이라 여기고 크게 외치며 창으로 달려왔다.

쾌도비는 아차 싶었으나 그렇다고 다시 들어가서 음식 값을 치를 수는 없는 상황이다.

창밖으로 나온 그는 마차로 가지 않고 주루 모퉁이를 꺾어져서 관도 쪽으로 달려갔다.

일단은 은의녀 호연에게 들키지 말아야 하고 또 그가 마차하고는 관계없는 사람으로 보여만 한다.

마차는 여의루 여고수들이 주루를 떠난 후에 찾으러 와도 된다고 생각했다.

그녀들이 주루 밖으로 나와서 자신을 쳐다보고 있는지 확인할 겨를도 없다.

또한 만약 뒤돌아봤다가 호연에게 얼굴이 들키면 빼도 박도 하지 못한다.

쾌도비는 반 시진 후에 포구의 주루로 돌아와 모퉁이에 숨어서 주루 앞을 살펴보았다.

그런데 마차가 보이지 않아서 가슴이 덜컥했다. 재빨리 주위를 둘러보다가 오십여 장쯤 떨어진 포구에 마차가 있는 것을 발견했다. 그런데 마차 주변을 여의루 여고수들이 에워싸고 있었다.

우려했던 최악의 사태가 벌어졌다. 그녀들은 마차 안에 쇠상자들이 있는 것을 확인한 후에 마차를 통째로 끌고 간 것이 분명했다.

여의루 여고수들이 포구에 모여 있는 것으로 미루어 마차를 끌고 도선으로 강을 건넌 후에 북경 팔신궁으로 가려는 것 같았다.

포구에는 도선을 기다리는 사람이 백여 명 이상 모여 있으며, 마차와 여의루 여고수들은 한복판에 있다.

쾌도비로서는 이대로 마차를 뺏길 수는 없다. 여의루에 돈과 보물을 돌려줘도 쾌도비 자신의 손으로 돌려줘야만 한다. 그러지 못하면 일이 복잡하게 엉키고 말 터이다. 그는 영원히 여의루에 적으로 남게 될 것이다.

아직 도선이 출발하려면 반 시진 정도 남아 있어서 쾌도비는 근처의 다른 주루로 들어가서 넉넉하게 돈을 주고 황의 한 벌을 얻어 입었으며 깨끗하게 면도를 했다. 지금까지의 모습은 여의루 여고수들이 알고 있을 테니까 될 수 있는 한 다른 모습으로 바꾸려는 것이다.

덥수룩한 수염투성이 얼굴과 면도를 한 모습은 천양지차라서 전혀 다른 사람으로 보였다.

이윽고 준비를 마친 그는 은의녀 호연이 자신을 알아보지 못하기를 기대하면서 포구로 향했다.

사람들 속에 섞여든 그는 차츰 마차 쪽으로 다가가서 여의루 여고수들에게서 이 장쯤 되는 곳, 그리고 호연의 뒤쪽에 멈추었다.

그는 태연하게 주위를 두리번거리는 척하면서 그녀들을 유심히 살펴보았다.

그가 보기에 삼색의 옷과 긴 치마를 입은 삼십대 중반의 요염한 듯하면서 싸늘한 외모의 여인이 그녀들의 우두머리 같았다.

여의루의 지위가 옷 색깔이 많고 적음으로 구분한다면, 팔신궁 전문 앞에서 봤던 여의천비, 즉 소루주는 여덟 개 색깔의 옷을 입었으며, 그녀를 호위하던 네 명의 흑마 소녀는 다섯 개 색깔의 옷을 입었었다.

그런데 삼십대 여인은 삼색의 옷을 입었으므로 흑마 소녀들보다도 지위가 낮은 듯했다.

또한 삼색 옷 여인의 양옆에 두 명의 홍의녀가 서 있는 것으로 봐서 호위고수인 듯하고, 호연을 비롯한 은의녀들은 하급고수인 것 같았다.

그가 여의루 여고수들을 살피고 있을 때 갑자기 호연이 뒤를 돌아보았다.

전혀 예기치 못했던 상황에 쾌도비는 흠칫했으나 어떻게 해볼 새도 없이 그녀와 시선이 딱 마주쳤다.

그녀의 시선이 잠시 그의 얼굴에 머물렀고, 그는 바짝 긴장했으나 태연하려고 애썼다.

그러면서 여차하면 공격을 퍼부으려고 오른팔에 공력을 극한으로 끌어올렸다.

그러나 그녀의 시선은 곧 쾌도비 옆쪽으로 흐르다가 고개를 돌렸다.

강을 건넌 후에도 두 시진 가량 마차를 뒤따르던 쾌도비는 마침내 공격을 감행하기로 작정했다.

관도에 오가는 행인이 더러 있는 탓에 어디 한적한 장소가 나올 때까지 줄곧 기다렸으나 오히려 행인이 점점 더 많아지고 있어서 그가 기다리는 기회는 쉽사리 오지 않을 것 같았다.

형하를 건넌 여의루 여고수들이 두 시진 동안 한시도 쉬지 않는 것으로 미루어 이대로 북경까지 곧장 강행하려는 것이 분명하다.

쾌도비는 행인들에 섞여서 십여 장 뒤에서 따르며 주위를 둘러보았다.

오른쪽은 끝없이 펼쳐진 평원이고 왼쪽에는 강이 관도와 나란히 북쪽으로 흐르고 있었다.

그가 아는 바로는 이 강은 자아하(子牙河)의 최상류다. 이 대로 북쪽으로 오십여 리쯤 흐르면서 십여 개의 다른 강과 합쳐져서 신하현(新河縣)에 이르러 북서쪽으로 방향을 틀어 거대한 강으로 변해서 하북성 한가운데를 가로질러 동해로 흘러 나간다.

신하현에 이르면 지금보다 행인이 훨씬 더 많아질 테니까 공격을 하려면 이곳뿐이다.

그는 계속 걸으면서 땅을 살펴 손톱 크기의 작은 돌 십여 개를 주웠다.

솔잎이나 나뭇잎보다는 돌이 더 강력하고 정확도가 높기 때문이다.

마차는 빠르게 달리지 않았다. 말들이 쉽게 지치기 때문일 것이다.

그렇다고 해도 어른이 천천히 달리는 속도라서 행인들보다는 훨씬 빨랐다.

삼색의 옷을 입은 우두머리, 즉 청파루주는 어자석에 홍의녀 한 명과 앉아 있고, 또 한 명의 홍의녀는 네 명의 은의녀와 함께 마차의 좌우와 뒤에서 따르고 있다.

쾌도비는 왼손에 돌들을 모아서 쥐고 오른손 엄지와 검지에 하나의 돌을 쥔 채 기척 없이 빠르게 은의녀들 뒤쪽을 향해 접근했다.

돌을 던져서 그녀들 다섯 명을 제압하는 것과 동시에 마차 옆으로 쏘아가서 청파루주와 홍의녀를 제압할 생각이다. 그러자면 최대한 빠르게, 그리고 정확해야만 한다.

뒤에서 보는 것이지만 그는 누가 호연인지 또렷하게 구분할 수 있었다.

그녀에게는 일말의 미안함이 남아 있다. 실토를 받아내지도 못했으면서 그녀를 욕보였으니 그와 그녀 두 사람에게 상처가 되었기 때문이다.

그렇지만 일단 공격을 하게 되면 그녀에게만 자비를 베풀 수는 없는 일이다.

거리가 이 장으로 좁혀졌을 때 쾌도비는 경공술을 전개하여 별안간 앞으로 쏘아가면서 마차 뒤를 따르고 있는 한 명의 은의녀 오른쪽 어깨를 향해 돌을 던졌다.

패앵!

팍!

"흑!"

오른쪽 어깨에 정확하게 돌을 맞은 은의녀가 답답한 신음과 함께 앞으로 고꾸라졌다.

손톱만 한 돌이지만 워낙 강력한 위력이 실려 있고 또 빠르기 때문에 은의녀의 오른쪽 어깨뼈는 으스러졌으며 그 충격으로 고꾸라진 것이다.

마혈을 제압하여 꼼짝하지 못하게 하면 수월하지만 마혈은 몸 앞쪽에 있어서 위치상으로 불가능하다.

최초의 은의녀가 고꾸라지고 있을 때 마차의 후방에 도달한 쾌도비는 마차 왼쪽으로 두 번, 오른쪽으로 두 번 연속적으로 돌을 던져냈다.

패애앵! 패앵!

파파팍!

"악!"

"흐윽!"

짧고 간명한 음향과 동시에 네 마디의 비명성이 한꺼번에 터졌다.

은의녀 세 명은 정확하게 오른쪽 어깨에 돌이 적중되어 고꾸라지고 있다.

하지만 오른쪽 앞쪽의 홍의녀는 마차 뒤 최초의 은의녀가 지른 비명을 듣고 반사적으로 상체를 틀면서 뒤를 돌아보다가 번개 같은 속도로 쏘아오던 돌이 그녀의 오른쪽 뺨을 스쳤다.

길게 찢어진 오른쪽 뺨에서 피가 쏟아지는 순간 홍의녀는 어느새 뒤로 몸을 돌리며 등허리에서 한 쌍의 반월도를 뽑고 있었다.

그때 이미 쾌도비는 홍의녀의 일 장 거리까지 쇄도하고 있었으며, 그녀가 돌을 피하는 것을 보고 품속에서 비도쾌를 뽑아 들었다.

여의루 여고수들을 죽이지 않으려는 의도는 이로써 실패했다. 홍의녀가 반격을 가하면 죽일 수밖에 없다. 또한 속전속결로 끝내야 하기 때문에 비도쾌를 사용할 수밖에 없는 상황이다.

픽!

"헉!"

홍의녀는 뒤를 향해서 가까스로 몸을 돌리고 양손의 반월도를 들어 올리다가 가슴 한가운데에 비도쾌가 뿜어낸 천지무쌍쾌 강기를 적중당했다.

가슴에 주먹 하나가 통째로 들어갈 정도의 커다란 구멍이 뻥 뚫린 그녀가 쓰러지기도 전에 쾌도비는 그녀를 지나치고 있었다.

최초에 마차 뒤를 따르던 은의녀가 신음을 흘렸을 때 마차는 이미 멈췄다.

마차 옆으로 어자석을 향해 쏘아가던 쾌도비는 찰나지간

생각을 바꾸었다.

방금 홍의녀를 죽였으므로 어차피 살인을 했기에 손속에 인정을 두지 않겠다는 것이다.

또한 마차의 좌우에서 격타음과 신음 소리가 터졌기 때문에 어자석의 두 여자는 필경 좌우 옆으로 공격을 퍼부을 것이 분명하다.

슛—

그는 달려가다가 위로 숏구쳤다가 천근추의 수법을 발휘하여 어자석 위로 뚝 떨어지면서 비쾌법 이 초식 고금제일도를 전개했다.

과연 오른쪽에 앉은 청파루주와 왼쪽에서 말고삐를 잡고 있던 홍의녀는 각기 좌우로 몸을 날리면서 마차의 좌우를 향해서 공격을 퍼부으려 하고 있었다.

후웅…….

그런데 느닷없이 머리 위에서 허공을 울리는 음향이 흐르자 두 여자는 흠칫하며 고개를 들려고 했다.

사아…….

"끅!"

"크윽!"

그러나 그녀들은 고개를 들어보지도 못하고 비도쾌에서 발출된 긴 줄 같은 강기에 의해 동시에 목이 뎅겅 잘리고 말았다.

여의루의 삼색 옷을 입은 여자의 지위가 무엇인지는 몰라도 비쾌법 이 초식 고금제일도 앞에서는 너무도 무력했다.

놀랍게도 쾌도비가 공격을 개시하여 최초의 돌을 던지고 나서 청파루주의 목을 자를 때까지는 불과 한 호흡밖에 걸리지 않았다.

번갯불에 콩을 구워 먹을 찰나지간에 시작되고 끝났기에 제아무리 여의루 여고수들이라고 해도 속수무책으로 당할 수밖에 없었던 것이다.

느닷없이 백주 대낮 관도 한복판에서 벌어진 살인 때문에 행인은 모두 멀찍이 도망쳐서 겁먹은 표정으로 바라보고만 있었다.

더구나 가슴이 뻥 뚫려서 죽은 홍의녀가 널브러져 있고, 청파루주와 또 다른 홍의녀의 수급이 관도 바닥에 나뒹굴어 있으므로 공포는 극에 달했다.

땅에 내려선 쾌도비는 비도쾌를 품속에 넣고 창룡도를 뽑아 쥐고 재빨리 마차의 오른쪽으로 향했다.

그곳에는 홍의녀가 죽어 있고 오른쪽 어깨가 박살 난 은의녀가 쓰러져 있다가 힘겹게 일어서고 있었다.

쏙!

"끅!"

창룡도가 번쩍 허공을 가르며 은의녀의 목을 가차 없이 잘라 버렸다.

어차피 이렇게 된 이상 모조리 죽여야만 뒤탈이 없을 것이라고 판단했다.

그가 마차 왼쪽으로 돌아가고 있을 때 호연과 또 한 명의 은의녀가 왼손에 쥔 반월도를 휘두르며 죽기 살기로 공격해 왔다.

쐐애액!

그러나 오른쪽 어깨가 박살 난 상태에서의 공격이며 그녀들 같은 하급고수가 쾌도비의 상대가 될 리 없다.

카각!

"흑!"

앞선 은의녀의 반월도와 정수리를 한꺼번에 쪼갠 창룡도는 그녀 뒤쪽에서 공격해 오는 은의녀 호연의 목을 수평으로 베어갔다.

호연은 오른쪽 어깨를 축 늘어뜨린 채 왼손의 반월도만으로 공격을 펼쳤으나 어느새 창룡도가 자신의 오른쪽 목으로 빛처럼 그어오자 안색이 해쓱하게 변했다.

뚝!

그러나 창룡도는 그녀의 목을 반 뼘 남겨두고 멈추었다.

"아……."

호연은 모든 동작을 정지한 상태에서 얼굴이 사색으로 변하여 눈을 커다랗게 뜨고 쾌도비를 바라보았다.

쾌도비는 싸늘한 표정으로 미간을 찌푸린 채 눈에서 이글거리는 불길을 뿜어냈다.

그는 어째서 호연의 목을 베지 못하고 창룡도를 멈추었는지 제 자신을 꾸짖었다.

그렇지만 그 이유를 그도 알지 못했다. 다만 여전히 그녀에게 미안한 마음을 품고 있다는 것이 이유일 것이라고 막연하게 생각했다.

호연의 눈길이 자신의 앞쪽에 정수리가 쪼개져서 엎어진 채 죽어 있는 동료 은의녀에게 향하더니 얼굴에 더욱 짙은 두려움이 떠올랐다.

"살려주세요……."

쨍그렁…….

반월도를 땅에 떨어뜨린 그녀 입에서 애원이 자신도 모르게 흘러나왔다.

그녀가 비록 사신의 하나인 여의루의 여고수라고 할지라도 한낱 하급고수일 뿐이다.

목숨이란 어느 누구에게나 소중한 법이다. 동료의 무참한 죽음을 목전에서 목격하고, 또 창룡도가 자신의 목에 닿아 있는 상황에서, 더구나 여자라면 어느 누구라도 겁에 질릴 수밖에 없을 터이다.

"제발……."

쾌도비는 살려달라고 애원하는 호연을 차마 죽이지 못하
고 창룡도를 거두며 살려주는 조건을 달았다.

"다시는 내 눈앞에 나타나지 마라."

"……."

그 순간 호연의 눈이 휘둥그렇게 떠졌다. 덥수룩한 수염을
깎아서 완전히 딴사람으로 변한 쾌도비를 알아보지 못했지만
꿈에서도 잊지 못할 목소리를 듣는 순간 그가 누구인지 알아
차렸다.

"너……."

그녀의 얼굴에서 공포가 씻은 듯이 사라지는 대신 지독한
분노가 떠올랐다.

"으드득! 바로 네놈이로구나……."

그녀는 원한 서린 눈빛으로 쏘아보며 이를 갈았다. 그러더
니 즉시 땅에서 반월도를 집어 들자마자 미친 듯이 쾌도비를
공격했다.

쾌도비는 슬쩍슬쩍 피하며 뒷걸음질 치면서도 호연을 베
지 못했다.

"이놈아! 피하지 말고 어서 나를 죽여라!"

그녀는 갑자기 악에 받쳐서 눈물을 흘리며 외쳤다.

쾌도비는 그녀가 방금 전까지만 해도 살려달라고 애원하다가 지금은 무엇 때문에 공격을 하면서 죽이라고 악을 쓰는지 이유를 알고 있다.

그에게 치욕을 당했으므로 그를 죽이지 못할 바에는 그의 손에 죽겠다는 것이다. 그래서 그는 더욱 그녀를 죽일 수가 없었다.

탁!

"앗!"

그는 창룡도 칼등으로 그녀의 왼팔을 가볍게 쳐서 반월도를 멀리 날려 버렸다.

심하게 다치지는 않았으나 왼팔에 통증을 느끼면서 그녀는 울부짖었다.

"이 나쁜 놈아! 나한테 그런 몹쓸 짓을 하고서도 잠이 잘 오더냐?"

쾌도비는 그녀의 넋두리 같은 저주를 들으면서 마차 앞쪽으로 가서 어자석에 쓰러져 있는 청파루주와 홍의녀의 몸뚱이를 안아 마차 안에 실었다.

이어서 다른 시체와 수급도 모조리 마차에 싣고는 지체 없이 마차를 출발시켰다.

우두두…….

마차 바퀴가 지축을 울리며 구르는 소리와 호연의 한 서린

고함 소리가 뒤섞여서 들려왔지만 그는 뒤돌아보지 않고 그
대로 달려갔다.

　쾌도비가 중간에 시체들을 산 속에 묻고 북경에 도착한 시
각은 자정이 조금 넘어서였다.
　북경은 황도라서 그런지 성 밖에도 멀리까지 사람들이 거
주하고 또 들판과 하천뿐이라서 쇠 상자들을 마땅히 감출 만
한 곳을 찾지 못했다.
　결국 그는 마차를 성 밖 높은 담 아래의 은밀한 장소에 세
워놓고는 쇠 상자 하나를 들고 성벽을 넘어 맹탁의 주루로 향
했다.
　꽤 먼 거리지만 지금으로선 맹탁의 집에 쇠 상자들을 감춰
두는 수밖에 도리가 없다.
　맹탁의 집 골목으로 들어서 날렵하게 담을 넘어 마당에 내
려선 그는 집의 문 앞에 한 명의 소녀가 다소곳이 서 있는 것
을 발견하고 의아한 표정을 지었다.
　그녀는 십육칠 세 정도의 나이에 긴 치마를 입은 수수한 옷
차림이었으며, 마치 병석에서 이제 막 일어난 듯 창백하고 초
췌한 모습이었다.
　그러나 쾌도비가 흠칫 놀랄 정도로 빼어난 미모를 지니고
있었다.

모르긴 해도 그녀에게서 초췌함이 사라진다면 경국지색(傾
國之色)의 미녀가 될 것이 분명했다.

"주인님!"

그런데 한 번도 본 적이 없는 그녀가 마당 복판에 쇠 상자
를 든 채 우두커니 서 있는 쾌도비를 발견하고는 얼굴 가득
반가운 표정을 지으면서 다가와 나긋나긋한 목소리로 외치는
것이 아닌가.

"소아냐?"

그녀의 목소리를 듣고서야 쾌도비는 비로소 적잖이 놀라
는 표정을 지었다.

"네, 주인님."

"하아… 너로구나."

쾌도비는 그녀가 사흘 전까지만 해도 비루먹은 개처럼 비
쩍 마르고 걷는 것조차 힘들어 하던 소아였다는 사실이 쉽게
믿어지지 않았다.

그러나 고질병이 치료되고 또 임독양맥이 소통되었기 때
문에 상상을 초월하는 속도로 제 모습을 찾아가는 것이라고
이해했다.

오늘 하루 힘겹게 보냈던 그에게 소아의 변신은 신선한 충
격을 안겨주었다.

그는 자신의 수염을 깎아서 깨끗한 턱을 쓰다듬으며 엷은

미소를 지었다.

"수염을 깎았는데도 용케 나를 알아보았구나."

"소녀는 주인님이 아무리 변해도 다 알아볼 수 있어요. 주인님에게는 소녀만 알아볼 수 있는 광채가 나거든요. 게다가 좋은 향기도 나고."

소아는 방글방글 미소 지으면서 쾌도비로서는 알 수 없는 얘기를 종알거리며 자랑했다.

여의루의 은의녀 호연은 수염을 깎은 쾌도비를 전혀 알아보지 못했었는데 소아는 한눈에 알아본 차이가 무엇인지 궁금했다.

"왜 이제야 오셨어요? 어서 들어가요."

병이 완치된 소아는 성격마저도 활달하게 변했다. 그녀는 쪼르르 다가와서 그의 팔을 잡고 안으로 이끌었다.

"주인님 오셨군요."

말소리를 듣고 맹탁이 반가운 얼굴로 나왔다.

쾌도비는 일 층 구석방 하나를 비우게 하고 그곳에 쇠 상자 열 개를 넣고는 밖에서 자물쇠를 채웠다.

그는 며칠 전에 맹탁에게 이 층의 방들을 소년소녀들에게 고루 나누어 주라고 당부했었기에 지금은 대부분 이 층에서 지내고 있으며 아래층은 비어 있다.

쾌도비가 성 밖에서 쇠 상자 열 개를 나르는 동안, 그리고 그것들을 구석방에 넣고 자물쇠를 채우고 나서도 맹탁과 소아는 그것이 무엇이냐고 묻지 않았으며 무엇인지 궁금한 표정조차도 짓지 않았다. 쾌도비가 무엇을 하든 무조건 믿고 따르는 전폭적인 신뢰다.

쾌도비는 우선 쇠 상자들을 잠시 이곳에 놔뒀다가 나중에 다른 곳으로 옮겨야겠다고 생각했다.

"너희에게 할 말이 있다."

그는 자신의 방에서 맹탁과 소아를 앉혀놓고 조용한 목소리로 말문을 열었다.

"뭔데요, 주인님?"

소아는 그의 옆에 바싹 붙어 앉으며 눈을 빛냈다. 처음에 그녀는 그의 얼굴조차 제대로 쳐다보지 못했었는데, 치료를 하는 과정에서 그에게 자신의 볼품없는 몸을 적나라하게 보이고 나서부터는 그를 가장 가까운 사람으로 여겼다.

"너희들 무술을 배워보겠느냐?"

쾌도비의 뜬금없는 제안에 맹탁과 소아는 너무 놀라 자리에서 벌떡 일어나 한동안 아무 말도 하지 못하고 쾌도비를 바라보기만 했다.

그러더니 총명한 소아가 사태를 깨닫고 먼저 바닥에 쾌도비를 향해 무릎을 꿇고 엎드려 머리를 조아렸다.

"주인님! 소녀는 꼭 무술을 배우고 싶어요! 제발 가르쳐 주세요!"

뒤늦게 정신을 차린 맹탁도 급히 소아 옆에 무릎을 꿇었다.

"무술을 가르쳐만 주신다면 몸이 가루가 되도록 열심히 배우겠습니다!"

쾌도비는 고개를 끄떡였다.

"너희는 무술을 배워서 스스로를 지켜야 한다."

"고맙습니다! 주인님!"

두 사람은 생각하지도 않았던 은혜에 납작하게 엎드려서 감격 어린 표정을 지었다.

第五十七章

청탁병탄(清濁併呑)

— 맑은 것과 탁한 것을 함께 삼킨다

　쾌도비는 침상에 가부좌로 앉아서 삼라만상비를 연마하고 있는 중이다.

　아까 한 시진 동안 소아와 맹탁에게 북두인의 기초에 대해서 설명하고 동작을 익히게 한 이후 줄곧 삼라만상비 연마에 몰두했다.

　침상에 앉아 있는 쾌도비의 전면에는 창이 활짝 열려 있으며, 창밖 오 장 거리에 한 그루 키 큰 나무가 있다.

　집의 대문 안쪽 옆에 있는 나무이며 쾌도비는 그것을 삼라만상비의 표적으로 삼았다.

우우…….

그의 오른손 손바닥 위에 놓인 비도쾌가 검푸르면서도 투명한 빛으로 물들면서 낮은 울음을 흘렸다.

삼라만상비를 연마하기 시작한 이후 여기까지 도달하는 것이 매우 어려웠었다.

그럼에도 불구하고 그때부터 지금껏 이 단계에서 한 걸음도 진전이 없어서 그를 안타깝게 만들고 있다.

우우우…….

공력을 최대한 주입시킨 비도쾌는 손바닥 위에서 들썩거리며 더욱 검푸르고 투명하게 빛났다.

하지만 그것뿐이지 비도쾌는 그가 요구하는 움직임을 취하지 않았다.

즉, 비도쾌가 스스로 쏘아나가서 전방에 보이는 나무를 뚫고 다시 돌아오는 것이다.

그것이 성공한다면 다음에는 더 멀리 그리고 더 많은 표적을 공격할 수 있다.

조금만 공력을 더 주입하면 비도쾌가 쏘아나갈 것 같아서 그는 비지땀을 흘리며 오른팔의 공력을 극한까지 끌어올려 주입했다.

너무 공력을 끌어올려서 정신이 아득해지고 온몸이 저려서 위험수위에 직면했다.

스으으…….

그랬더니 음향이 변하고 비도쾌가 손바닥에서 한 뼘 정도 떠올랐다.

쾌도비의 이마와 목에 힘줄이 터질 듯이 곤두설 때 돌연 비도쾌가 창밖을 향해 번갯불처럼 쏘아갔다.

슈아―

칵!

쏘아나간 비도쾌는 나무에 꽂혔다. 그러나 단지 그것뿐, 나무를 뚫고 나서 손바닥으로 돌아오지는 못했다. 절반, 아니, 십분지 일의 성공이다.

“휴우우…….”

일순간에 모든 공력을 다 쏟아낸 그는 어깨를 늘어뜨리고 고개를 숙이며 긴 한숨을 토해냈다.

‘문제는 공력이다. 지금으로선 이것이 한계다.’

최종적으로 결론을 내렸다. 지금보다 공력이 월등하게 증진하지 않는 한 삼라만상비를 제대로 전개하기는 어렵다는 것이 그의 생각이다.

비도쾌가 순전히 공력만으로 손바닥에서 제 스스로 쏘아나간 것은 대단한 일이지만, 겨우 오 장 거리의 나무에 꽂히는 정도라면 손으로 던지는 것보다 못한 결과다.

그는 나무에 꽂힌 비도쾌를 가져오기 위해 침상에서 몸을 일으켰다.

"……!"

그런데 어찌 된 일인지 나무에 꽂혀 있어야 할 비도쾌가 보이지 않았다.

슥―

그는 움찔 놀라서 곧장 창밖으로 쏘아나가 순식간에 나무에 이르렀다.

한손으로 나뭇가지를 붙잡고 살펴보니 비도쾌가 꽂힌 자국은 있는데 정작 비도쾌는 보이지 않았다.

그가 공력을 거둔 상황에서 비도쾌가 제 스스로 혼자 움직였을 리가 없다.

필경 누군가 손을 써서 뽑은 것이다. 쾌도비가 잠깐 고개를 숙이며 한숨을 쉬었다가 고개를 들었는데 그사이에 비도쾌가 사라진 것이 분명하다. 그렇다면 누군가 줄곧 지켜보고 있었다는 얘기다.

그때 쾌도비는 어떤 강한 느낌을 받았다. 지난번 팔신궁 전문 앞에서 여의천비를 본 이후 거리를 걸어가다가 감지했던 누군가 자신을 지켜보고 있는 듯한 바로 그 느낌이다. 그리고 그것은 방금 전까지 그가 있었던 방 안에서 강렬하게 흘러나오고 있었다.

슷―

그는 바람처럼 다시 실내로 돌아와 우뚝 서서 둘러보았으나 아무도 없다.

그런데도 예의 그 느낌은 지척에서 느껴지는 것처럼 매우 강렬했다.

느낌이 이처럼 강렬한데도 아무것도 보이지 않다니 귀신이 곡할 노릇이다.

"이걸 찾는 거야?"

그가 다시 한 번 실내를 자세히 둘러보고 있는데 바로 뒤쪽 침상에서 느닷없이 짤랑짤랑한 여자의 목소리가 흘러나오는 바람에 움찔했다.

휙!

쾌도비는 번개같이 몸을 돌리는 것과 동시에 공력을 끌어올리면서 오른팔을 휘둘렀다.

"엇?"

그러나 침상에 한 명의 소녀가 오도카니 앉아 있는 것을 발견하고는 다급히 공격을 멈추었다.

침상에 난데없이 소녀가 앉아 있어서 공격을 멈춘 것이 아니라 그녀가 전혀 공격할 의도가 없는 자세로 그를 빤히 바라보고 있었기 때문이다.

"호오! 이런 상황에서 공격을 시도하려다가 즉각 멈추다니 제법인데?"

　침상에 책상다리를 하고 앉아서 손가락 사이에 끼고 있는 비도쾌를 흔들면서 미소를 짓고 있는 것은 십칠팔 세 정도의 앳된 소녀였다.

　긴 머리카락을 치렁치렁 길렀으며 몸에 맞지 않는 헐렁한 경장을 입었는데, 얼굴에 비해서 유난히 커다란 두 눈에는 호기심이 가득하고, 칼날처럼 뾰족한 콧날과 피를 한입 문 듯한 새빨갛고 조그만 입술, 그리고 두 뺨이 설익은 사과처럼 발그레한 몹시 귀엽고 또 예쁜 소녀였다.

　쾌도비는 방금 전까지 감지되던 느낌이 그녀에게서 강하게 뿜어지고 있는 것을 깨달았다.

　그런데 이상했다. 그가 누군가에게서 이런 강렬한 느낌을 받기는 생전 처음이다.

　아니, 과연 이것을 단순히 '느낌' 이라고 해야 옳은 것인지도 모르겠다.

　뼈와 살로 이루어진 사람에게서 이토록 강력한 무엇인가를 감지한다는 사실이 이해가 되지 않았다.

　"이상해?"

　소녀는 고개를 까딱거리면서 여전히 방글방글 미소 지으며 물었다.

　그녀의 목소리는 한 번 들으면 죽을 때까지 기억에 생생히 남을 정도로 특이했다.

듣기 싫은 쪽이 아니라 마치 옥으로 만든 방울을 흔드는 소리처럼 낭랑하면서도 싱그러웠다.

"뭐가 이상하다는 거냐?"

소녀가 대뜸 하대를 해서가 아니라 쾌도비는 원래 이 정도 또래의 소녀에겐 의례히 하대를 했다.

"지금 당신이 나에게서 느끼고 있는 것 말이야."

소녀는 쾌도비가 그녀에게서 느끼고 있는 모종의 느낌 같은 것을 말하는 듯했다.

달리 말해서 그녀는 자신이 그 느낌을 뿜어내고 있다는 사실을 실토한 것이다.

"그게 뭐냐?"

"내가 일부러 때론 강하게 때론 약하게 뿜어내고 있는 거야. 당신이 나를 감지하라고."

"일부러?"

소녀의 말투는 운남 사투리가 매우 심한데 그렇다고 완벽한 운남 사투리도 아닌 듯했다. 마치 다른 나라 사람이 한어를 운남지방에서 배운 것 같았다.

"내가 내 특유의 요기(妖氣)를 뿜어내지 않았다면 당신은 죽을 때까지 나의 존재를 알아차리지 못했을 거야."

"요기라고?"

"당신은 참 궁금한 게 많구나."

소녀는 어린 나이인데도 마치 어른이 아이를 대하듯 쾌도비를 나무랐다.

탁탁…….

"서 있지만 말고 여기 앉아."

소녀는 자신의 앞을 손바닥으로 두드렸다.

쾌도비는 그녀가 비도쾌를 갖고 있으나 적의(敵意)를 조금도 느끼지 못했기에 일단 그녀 앞에 마주 보고 앉았다.

이것은 이상한 일이다. 그가 목숨처럼 소중하게 여기는 비도쾌를 소녀가 가로챘는 데도 그녀에게 적의를 느끼지 않으니 말이다.

이런 경우는 한 번도 없었다. 예전에는 소중한 것이 아니라 불쾌하다는 이유만으로 상대를 중상을 입혔던 경우도 허다했었다.

쾌도비는 소녀에게 궁금한 것이 많았으나 우선 비도쾌를 돌려받고 싶었다.

"그거…….."

"비도쾌 말이야?"

"……."

소녀가 비도쾌를 들어 보이며 까딱거리자 평소 강심장이라고 자부하는 쾌도비가 움찔 놀라 얼굴색이 확 변했다.

비도쾌라는 이름을 알고 있는 사람은 그와 주소옥뿐인데

소녀가 태연하게 말했기 때문이다.

아니, 좀 더 생각해 보면 비도쾌를 알고 있단 사람은 둘만이 아닐 것이다.

비도쾌의 주인은 주소옥이었으며 그녀는 남령부 사람이니까 그녀의 부모나 측근들도 알고 있을 것이다.

"너… 소옥을 아느냐?"

"아하하하! 이제야 머리가 돌아가는구나!"

소녀가 상체를 젖히면서 마치 호걸처럼 호탕하게 웃는 것을 보고 쾌도비는 울컥 뜨거운 것이 치밀었다.

소녀가 비도쾌를 알고 있다면 주소옥하고 가까운 사이가 분명하기 때문에 마치 주소옥과 재회한 것처럼 기뻤다.

그때 방문이 열리더니 자지 않고 북두인을 연습하고 있던 소아와 맹탁이 동시에 들어섰다.

"무슨 일이에요, 주인님?"

두 사람은 쾌도비가 침상에 한 명의 지독하게 아리따운 소녀와 마주 보고 앉아 있는 것을 보고 크게 놀랐다.

"소아야, 가서 술상 차려 와라."

그런데 소녀가 마치 하녀를 부리듯 소아에게 명령했다. 소아의 이름까지 아는 걸 보면 그녀는 꽤 오랫동안 쾌도비 주변에서 머물렀던 것이 분명하다.

쾌도비가 그렇게 하라고 고개를 끄떡이자 소아와 맹탁은

즉시 물러갔다.

쾌도비는 지금까지와는 달리 매우 온화하고 친근한 표정으로 소녀에게 물었다.

“넌 소옥하고는 어떤 관계냐?”

“난 소옥 언니 동생이야.”

쾌도비는 너무 반가워서 두 손으로 소녀의 양어깨를 덥석 잡았다.

“그렇다면 너는 요령이구나! 그렇지?”

소녀는 환하게 미소 지었다.

“소옥 언니가 내 얘길 했구나?”

남령왕이 양딸 삼았던 묘족 대족장의 딸 요령공주가 바로 그녀였다.

그녀가 환하게 미소를 짓자 마치 실내에 온갖 종류의 꽃이 가득 피어 있는 것 같은 착각이 들었다.

“그래. 소옥은 틈만 나면 가족들 얘기를 했는데 그중에서도 요령이라는 동생에 대해서 제일 많이 얘기했다.”

그랬었다. 일 년여 동안 함께 한 몸처럼 붙어 지내면서 두 사람은 정말 많은 대화를 나누었으며 그 결과 서로에 대해서 모르는 것이 하나도 없을 정도가 되었다.

요령은 주소옥이 자신에 대해서 많은 얘기를 했다는 말에 두 손을 가슴에 얹고 아련한 표정을 지었다.

"소옥 언니 보고 싶어……."

그녀는 방금까지 환한 표정을 짓고 있다가 그 말을 할 때에는 두 눈에 눈물이 그렁그렁 고였다.

그녀의 애잔한 목소리와 그리움에 가득한 표정이 쾌도비가 가슴속에 꾹꾹 눌러놓았던 주소옥에 대한 그리움에 불을 지폈다.

"으앙! 앙!"

갑자기 요령은 두 다리를 쭉 뻗고 발을 동동 구르면서 마치 어린아이처럼 울음을 터뜨렸다.

"흐어엉! 소옥 언니를 일 년이나 못 봤단 말이야! 보고 싶어 죽겠어!"

쾌도비는 요령의 심정을 십분 이해하고도 남기에 연민 어린 표정으로 요령을 바라보았다.

그는 주소옥하고 불과 일 년여 함께 지냈을 뿐이고, 헤어진 지는 채 한 달도 되지 않았는데도 이처럼 그녀가 보고 싶어서 견딜 수 없을 정도다.

하물며 요령은 어릴 때부터 친자매처럼 부대끼면서 함께 산 주소옥을 일 년 넘게 보지 못했으니 그리움이야 어찌 말로 다 하겠는가.

더구나 요령이 어린아이처럼 발을 구르면서 눈물을 뚝뚝 흘리며 우는 걸 보고 있자니까 쾌도비 역시 가슴이 미어지는 것만 같았다.

"령아……."

그는 두 팔을 뻗어 요령을 안았다. 그러자 그녀는 그의 품에 안겨서 대성통곡을 했다.

오랫동안 참았던 슬픔이 쾌도비를 만나서 한꺼번에 봇물 터지듯 쏟아져 나온 것이다.

그는 요령을 안고 있으니까 마치 주소옥을 안은 듯한 착각이 들었다.

그리고 그녀와 함께 보냈던 수많은 추억이 빠르게 하나씩 뇌리에 떠올랐다가 스러졌다.

척!

문이 열리고 쟁반에 요리와 술을 갖고 온 소아와 맹탁은 두 사람이 침상 위에서 서로 부둥켜안고 있는 광경을 보고 크게 놀라는 표정을 지었다.

쾌도비는 훌쩍거리는 요령을 떼어내고 그녀의 머리를 쓰다듬으며 소아와 맹탁에게 소개했다.

"내 누이동생이다."

"아!"

두 사람은 혼이 달아날 정도로 놀라는 표정을 짓더니 곧 바닥에 부복하여 절을 올렸다.

"소인들이 소저를 뵈옵니다."

"일어나라."

요령은 눈물을 닦고 의젓하게 말하고 나서는 품속에서 조그만 가죽 주머니를 꺼내 열고는 반짝이는 두 개의 구슬을 두 사람에게 주었다.

"이게… 무엇입니까?"

소아와 맹탁은 감히 받지 못했다. 맹탁의 물음은 이 구슬이 무엇이냐는 것이 아니라 이것을 무엇 때문에 자신들에게 주느냐는 것이었다.

"야명주(夜明珠)다. 너희가 오라버니를 잘 보살펴서 상으로 주는 것이다."

"하오나 소인들은……."

"중원에서는 이것 하나에 은자 백만 냥 가치는 나간다고 하던데, 적으냐? 그럼 하나씩 더 주마."

"아이고! 아, 아닙니다요……."

"소… 소저……."

맹탁과 소아는 은자 백만 냥 가치의 야명주를 그것도 하나씩 더 준다는 말에 다시 바닥에 펄썩 엎어져서 두 손을 마구 저었다.

쾌도비는 두 사람이 죽으면 죽었지 야명주를 받지 않을 것을 짐작했다.

"됐다, 령아. 그만 거두어라."

“알았어.”

요령은 원래 하려던 일을 중도에서 포기하는 성격이 아니지만 쾌도비의 말에 고분고분하게 야명주를 다시 가죽 주머니에 넣고 품속에 갈무리했다.

그제야 소아와 맹탁은 목을 조이던 올가미가 풀린 듯 절을 하고 물러갔다.

“우리 술 마시자.”

요령은 요리와 술이 차려져 있는 탁자로 쾌도비의 손을 잡고 이끌었다.

쾌도비는 요령이 정말 진짜 누이동생처럼 느껴졌다. 그것은 아마도 주소옥의 영향력 덕분일 것이다.

“자, 받아.”

탁자에 앉자마자 요령은 들고 있던 비도쾌를 쾌도비에게 내밀었다.

“그거 원래 우리 할아버지 거였는데 엄마가 소옥 언니에게 선물한 거야.”

“그랬구나.”

쾌도비는 비도쾌를 받아 품속에 넣었다.

“앞으로 시간이 많을 테니까 비도쾌에 대한 얘기는 나중에 자세히 해줄게.”

쾌도비는 요령에게 비도쾌에 대한 얘기를 들을 수 있다는 생각에 벌써부터 기대가 됐다.

두 사람은 탁자에 나란히 앉았는데 요령은 오랫동안 갈증에 시달린 사람처럼 술병 주둥이를 입에 대고 고개를 젖히더니 꿀꺽꿀꺽 잠깐 사이에 한 병을 다 마셨다.

"너……."

"에헷! 나 술 좋아해. 술 없이는 못 살아."

쾌도비 왼쪽에 앉은 그녀는 빈 병을 놓고 새 술병을 집어 들면서 뺨을 그의 어깨에 친근하게 문질렀다.

주소옥하고 자매라지만 같은 핏줄이 아니라서인지 성격이 완전히 딴판이다.

"그런데 나를 어떻게 찾아냈느냐?"

쾌도비는 아까부터 그게 못내 궁금했었다.

"철황이 찾아냈어."

요령은 술병을 입에서 떼고 짧게 대답했다가 다시 술병을 입에 물었다.

그녀의 조그맣고 빨간 입술이 술병 주둥이를 물고 있는 모습이나, 희고 긴 목이 뒤로 젖혀진 상태에서 술을 마실 때마다 목젖이 깔딱깔딱거리는 것이 어찌나 앙증맞고 귀여운지 쾌도비의 입가에 저절로 미소가 번졌다.

"철황이 누구냐?"

"캬아!"

요령은 두 병째의 술병을 완전히 바닥을 내고서야 입에서 떼고 손등으로 입술을 닦으며 낮게 말했다.

"소옥 언니가 철황 얘기는 빼먹었구나?"

"그런 모양이다."

"철황아."

쾌도비는 그녀가 특별한 재주가 있는 수하나 친구를 부르는 것이라고 생각했다.

그런데 문이나 활짝 열려 있는 창에서는 아무런 기척도 나지 않았다.

"오라버니, 철황이야."

요령은 술병 주둥이를 입에 꽂고 불분명한 말을 하면서 턱으로 침상을 가리켰다.

무슨 소린가 싶어서 침상을 쳐다보던 그는 침상에 앉아 있는 하나의 시커멓고 커다란 물체를 발견하고 움찔했다.

그것은 그가 지금까지 보았던 가장 커다란 독수리보다 두 배쯤 더 큰 체구를 지녔으며, 창과 도를 합쳐놓은 것처럼 날카롭고 긴 부리는 피처럼 붉은색이다.

또한 동그랗게 뜨고 있는 두 눈은 마치 이글거리는 불길 같았고, 발톱 역시 새빨간 색이다.

온몸이 검은데 두 눈과 부리, 발톱만 붉었다. 게다가 머리에 투구처럼 생긴 돌기가 있으며 꼬리가 침상 끝에 닿을 정도로 매우 길었다.

그런데 아무런 기척도 느끼지 못했는데 저 괴이한 물체가 언제 나타나 침상에 떡하니 앉아 있다는 말인가.

"묘강에 사는 신붕인데 이름이 철황이야."

"신붕……."

경험이 풍부한 쾌도비로서도 그런 것이 있다는 소문조차도 들어본 적이 없었다.

하지만 생김새만으로도 필시 전설의 영물일 것이라는 생각이 들었다.

"신붕은 하루에 수천 리를 날고 강철 같은 부리와 발톱으로 호랑이나 곰을 단번에 쪼거나 움켜쥐어서 죽일 정도야. 그리고 똑똑하다고 자랑하는 사람보다 뛰어난 지능을 지니고 있어. 그런데 철황은 신붕 중에서도 왕이라서 다른 신붕들보다 능력이 훨씬 뛰어나."

요령은 마지막 술인 세 병을 다 마시고 아쉬운 듯 빈 술병을 손가락 사이에 끼고 까딱거리면서 설명했다.

"철황은 이제 오라버니 거야."

그런데 요령이 알 수 없는 말을 했다.

"아버지께서 철황을 오라버니 주라고 했어."

"남령왕 말이냐?"

"그래."

그녀는 술병 주둥이애 희고 긴 손가락을 끼고 술병으로 쾌도비를 가리키며 신붕 철황에게 말했다.

"철황아, 이제부터 오라버니가 네 주인이다."

구우…….

철황은 요령을 응시하며 낮은 울음소리를 냈다. 그런데 쾌도비는 철황의 붉은 눈이 검게 변하면서 매우 슬퍼하는 것 같은 느낌을 받았다.

"철황아, 알았으면 대답을 해야지."

철황은 마지못한 듯 마치 사람처럼 고개를 끄떡이더니 머리를 쾌도비 쪽으로 향했다.

그런데 방금까지 검었던 눈빛이 잠깐 사이에 원래의 붉은 빛으로 변해서 이글거렸다.

"너 똑바로 안 할래?"

술이 다 떨어져서 조금 신경질이 난 요령이 약간 언성을 높이자 철황의 눈빛이 즉시 검게 변했다.

그리고는 쾌도비를 향해서 고개를 깊이 숙이더니 낮은 울음을 흘렸다.

구르르…….

그것은 누가 보더라도 순종을 나타내는 몸짓이다. 쾌도비는 철황의 평소 눈은 붉은색인데 주인 앞에서만 검게 변하는 것이라고 생각했다.

"철황의 눈이 검어져야지만 진심으로 순종한다는 뜻이야."

요령이 빈 술병으로 탁자를 퉁퉁 두드리며 설명했다. 쾌도비의 짐작이 맞았다.

쾌도비는 신붕인 철황의 그런 점들이 몹시 신기했지만 요령의 소유였던 철황을 무턱대고 받을 수 없었다.

"령아, 나는 철황을……."

"술 더 마시면 안 돼?"

요령이 말을 툭 끊었다.

"한창 술맛이 나는 중이었는데 술이 떨어지니까 기분이 좀 그러네."

쾌도비가 약간 목소리를 높여서 맹탁에게 술을 많이 가져오라고 시키니까 그제야 요령의 얼굴이 환하게 밝아졌다.

"우린 천붕이 네 마리 더 있어. 내가 철황하고 제일 친했던 것은 사실이지만 아버지가 철황을 당신에게 주라고 하니까 어쩔 수 없지 뭐."

그녀는 소아와 맹탁이 있을 때에는 쾌도비더러 오라버니라고 하더니 이제는 다시 당신이라고 불렀다.

하지만 그는 별로 중요한 것이 아니라서 문제 삼지 않았다. 그보다는 천붕이 네 마리나 더 있다는, 그러니까 도합 다섯 마리나 된다는 사실에 적잖이 놀랐다.

"남령왕께서 왜 신붕을 내게 주신 것이냐?"

“철황이야.”

“철황을 준 이유가 있느냐?”

“아버지께선 당신이 소옥 언니를 무사히 천절문에 데려다 준 것을 매우 고마워하셔.”

방문 밖에서 맹탁의 말소리가 들렸다.

“주인님, 맹탁입니다.”

“들어와라.”

쾌도비는 무심코 맹탁을 들어오라고 말한 직후에 실내에 철황이 있다는 사실을 깨닫고 급히 침상을 쳐다보았으나 철황은 그곳에 없었다.

방금 전까지만 해도 침상에 오연하게 앉아 있던 철황이 온 데간데없이 보이지 않았다. 마치 처음부터 그곳에 없었던 것 같은 기분이 들었다.

그가 철황을 찾느라 두리번거리는 걸 보고 맹탁이 탁자에 술병들을 내려놓다가 의아한 얼굴로 물었다.

“주인님, 무얼 찾으십니까?”

“아니다.”

맹탁이 물러간 후에 쾌도비는 활짝 열려 있는 창을 주시했다. 철황이 기척도 없이 나갔다면 열려 있는 창을 통해서만이 가능하다.

그러니까 다시 나타날 때도 창으로 들어올 것이라 여기고 과연 어떻게 드나들기에 추호의 기척도 내지 않는지 지켜보려는 것이다.

"뭘 보고 있어? 술 마시자."

요령의 말에 그녀를 쳐다보다가 그는 흠칫했다. 철황이 아까처럼 침상에 꼿꼿하게 앉아 있었다. 사라진 적이 없었던 것처럼 도도한 모습이다.

그러나 방금 전에 철황은 분명히 침상에 없었다. 그리고 그는 줄곧 열려 있는 창을 주시하고 있었으나 철황은커녕 벌레 한 마리 들어오지 않았었다.

"이상하군."

술이 취하지도 않았는데 귀신에 홀린 듯한 기분이어서 그는 철황과 창을 번갈아 쳐다보았다.

그리고 보니까 철황은 처음 이 방에 나타났을 때에도 전혀 기척이 없었다.

"철황이 어디로 사라졌었는지 궁금해?"

요령이 재미있다는 표정을 지었다.

"그래. 어디로 사라졌었느냐?"

"가르쳐 주면 술 마실 거야?"

"알았다."

"그럼 잘 봐."

요령은 헤실헤실 미소 지으면서 턱으로 철황을 가리켰다.

"철황아. 한 번 더 해봐."

순간 철황이 커다란 날개를 활짝 펴는 것 같더니 어느새 천장에 찰싹 달라붙었다.

날갯짓은 물론이고 미풍조차 일지 않았으며 추호의 기척도 없었다.

쾌도비가 두 눈 뻔히 뜨고 똑바로 지켜보고 있는 가운데 벌어진 일이다.

만약 다른 곳을 보고 있거나 눈을 감았더라면 철황이 날아오르는 것을 전혀 느끼지 못했을 것이다.

그러니까 철황은 다른 사람이 자신을 보면 놀랄 것이라는 사실을 미리 알고 천장에 찰싹 붙어 있었는데 쾌도비조차도 그것을 모르고 있었다는 것이다.

"저놈 새 주인 앞에서 잔재주나 피우고 있어."

요령은 얄밉다는 듯 철황을 흘겨보다가 손을 저었다.

"가서 밥 먹고 와."

그녀의 말이 끝나자마자 쾌도비가 쳐다봤는데 이미 철황의 모습은 보이지 않았다.

"아버지께서 당신을 남령부로 데리고 오랬어."

요령은 도합 다섯 병을 마시고 나서도 조금도 취하지 않은 모습으로 말했다.

"남령왕께서 나를?"

"아버지께선 당신에게 큰 은혜를 입었으니까 보답을 하고 싶은가 봐."

"대가를 바란 게 아니다."

"그럴 줄 알았어."

"뭘 말이냐?"

쾌도비는 가소롭다는 듯 요령을 쳐다보았다. 네가 무엇을 알겠느냐는 표정이다.

"소옥 언니처럼 예쁜 여자하고 일 년 동안이나 함께 지낸 것보다 더 큰 대가가 어디 있겠어?"

쾌도비는 말문이 막혔다. 맹랑한 말이지만 맞는 말이다. 주소옥과 함께 지냈던 일 년여의 세월이 그에게는 생애 최고의 날들이었다.

"더 바라면 도둑놈이지."

"네 말이 맞다."

쾌도비는 쉽게 시인했다.

요령은 쉬지 않고 술을 그것도 병째로 마셨다. 쾌도비의 주량은 서너 병 정도인데 그녀는 이미 일곱 병을 마시고서도 조금 취한 모습을 보일 뿐이다. 말하는데 혀도 전혀 꼬부라지지 않았다.

탁!

그녀는 술병을 탁자에 놓더니 쾌도비를 말끄러미 바라보

면서 고즈넉이 말했다.

"나하고 곤명에 가자. 여기보다는 곤명이 훨씬 좋아. 아버지도 어머니도 당신을 아들처럼 생각하고 계셔. 그리고 모두 당신을 가족처럼 따뜻하게 반겨줄 거야."

생각해 보면 곤명도 좋다. 남령부 곳곳에 주소옥의 손길이 남아 있을 테고, 남령왕 부부를 부모까지는 아니더라도 상전으로 모시고 남은 여생을 산다면 그리 나쁠 것도 없다.

어차피 누나의 복수를 하고 나면 갈 곳조차 없으며 기다리는 사람도 없는 혈혈단신이지 않은가.

"나중에. 지금은 할 일이 있다."

요령은 눈을 반짝였다.

"나중에 꼭 가는 거야?"

"그래."

이렇게 귀여운 누이동생이 곁에 있다면 곤명 생활이 심심하지는 않을 터이다.

쪼르르…….

요령이 처음으로 쾌도비의 빈 잔에 술을 따라주면서 제법 진지하게 물었다.

"현도진하고 예건후 때문에 그러는 거야?"

"너……."

"다 들었어. 팔신궁 만사당주 문정호하고 얘기하는 거."

쾌도비는 정신이 번쩍 들었다.

"령아, 네가 날 처음 발견한 게 언제였느냐?"

"광족, 정술, 흑심녀하고 난봉의 홍앵루에서 만나기 전에 철황이 당신을 찾아냈어."

"너 정말……."

쾌도비는 너무 기가 막혀서 말을 잇지 못했다.

"그럼 그때부터 줄곧 나를 감시하고 있었던 것이냐?"

그의 목소리가 조금 차가워졌다. 요령에게 감시를 당했다는 생각 때문이다.

"감시가 아냐. 당신이라는 사람을 알 필요가 있었을 뿐이야. 무턱대고 당신 앞에 나타날 수는 없잖아."

듣고 보니까 그녀의 말이 맞다. 그가 그녀의 입장이었다고 해도 똑같이 행동했을 것이다.

하지만 그는 요령이라는 묘족 소녀가 눈으로 보는 것처럼 귀엽고 덜렁거리기만 한 것이 아니라 속이 무척 깊다는 사실을 깨달았다.

"내가 당신을 도와줄게. 무슨 일인지는 모르지만. 다 처리하고 나서 함께 곤명에 가자."

그는 대답하지 않았다. 재간둥이 같은 요령이 돕는다면 큰 힘이 되겠지만, 과연 그녀의 도움을 순수하게 받아들여도 괜찮을까 하는 생각이 들었다.

“참, 이거.”

요령은 문득 생각난 것처럼 자신의 목에서 무언가를 벗겨
냈는데, 그것은 손목에 차도 될 듯한 가느다란 은색의 줄이었
으며 목걸이 같았다. 무엇으로 만들었는지 은빛으로 반짝거
리는 것이 보기 좋았다.

슥—

그녀는 그것을 두 개로 분리하더니 그중 하나를 두 손으로
잡고 그에게 내밀었다.

“내가 걸어줄게. 고개 숙여봐.”

쾌도비는 요령의 행동을 어린아이가 장난감을 선물하고
싶어 하는 것으로 받아들여 저절로 빙그레 미소가 머금어져
서 그녀 말대로 고개를 숙였다.

슥—

“됐다.”

손목에 차도 될 정도의 작은 크기더니 머리를 통해서 들어
가 목에도 착 감겼다.

손으로 만져보니까 차거나 까칠거리는 것도 없이 감촉이
매우 부드럽고 좋았다.

게다가 목걸이를 한 것 같은 이물감도 전혀 없었다. 그는
원래 목걸이 따위 패물을 좋아하지 않지만 이 목걸이는 거부
감이 들지 않았다.

"답답해."

슥—

 술기운 때문인지 이마와 콧등에 송알송알 땀방울이 맺히기 시작한 요령은 갑자기 입고 있는 헐렁한 경장을 바지까지 훌훌 벗어 던졌다.

 헐렁한 경장을 벗자 쾌도비도 운남성에서 가끔 봤던 묘족 소녀의 특유의 알록달록한 복장이 드러났다.

 목과 어깨의 쇄골, 그리고 가슴 윗부분이 훤하게 드러날 뿐만 아니라 배꼽 위쪽 가슴 바로 아래 부분까지 드러난 짧은 상의에, 아랫도리는 무릎 위로 한 뼘이나 올라간 짧은 치마를 입은 모습이다.

 치마가 얼마나 짧은지 그냥 앉아 있기만 해도 속곳이 훤하게 드러났다.

 하지만 쾌도비는 그게 묘족 여자들의 전통복장이라는 것을 잘 알고 있다.

 그녀들은 몇 가지 독특한 복장이 있는데 지금 요령이 입고 있는 것은 그중 하나다.

 더구나 그녀가 의자 위에 책상다리를 하고 앉아 있는 터에 손가락 하나보다도 가느다란 속곳과 눈처럼 뽀얀 아기 볼처럼 보드라운 허벅지살이 다 드러났다.

 그녀는 주소옥보다 조금 작은 키에 체구도 가냘픈데 젖가

슴은 주소옥보다 절반은 더 커서 짧은 옷 위로 드러난 젖가슴
의 융기가 금방이라도 터질 것 같았다.

얼굴은 발그레한 철없는 어린 소녀 같은 그녀가 몸매는 성
숙한 여인 뺨칠 정도로 풍만하고 탐스러웠다.

쾌도비는 그녀의 갑작스런 행동에도 당황하지 않고 묵묵
히 술잔을 기울였다.

"흑심녀는 당신 마누라야?"

술병 주둥이를 쪽쪽 빨던 요령이 새빨간 혀로 입술을 핥으면
서 불쑥 묻는 바람에 쾌도비는 움찔 당황해서 술을 조금 흘렸다.

요령 말로는 그가 흑심녀, 광족, 정술과 난봉의 홍앵루에서
만날 때부터 지켜봤다고 했었다.

그렇다면 그가 술에 취해서 흑심녀와 정사를 하는 광경까지도
다 봤을 것이고, 그래서 흑심녀가 부인이냐고 묻는 것일 게다.

"아니다."

그는 흑심녀와 그날 밤, 그리고 다음 날 아침에 두 번 정사
를 했었다.

"흠, 아니구나?"

요령은 대수롭지 않다는 듯 고개를 끄떡이지만 쾌도비는
왠지 기분이 찜찜했다.

第五十八章

빈계사신(牝鷄司晨)

— 암탉이 새벽에 우는 것을 맡았다

쾌도비와 요령은 만난 지 불과 몇 시진밖에 안 됐는데도 마
치 십년지기처럼 정겹게 술을 마시면서 많은 이야기를 나누
다가 동이 트기 직전에야 잠이 들었다.

쾌도비는 잠든 지 한 시진 만에 눈을 뜨고 고개를 돌려 주
위를 둘러보았다.

꼭 닫혀 있는 창을 통해서 아침의 햇살이 어슴푸레 비춰 실
내를 밝히고 있었다.

그는 왼쪽 팔과 가슴이 약간 묵직한 것을 느끼고 고개를 돌
려 쳐다보니 이불을 뒤집어쓰고 있는 요령의 머리 꼭대기가

보였다.

이불을 살짝 들추니까 그녀가 그의 왼쪽 팔베개를 하고 팔로 그의 가슴을 꼭 안은 채 자고 있었다.

자는 모습이 흡사 어린아이처럼 귀여워서 그는 절로 미소가 피어났다.

그렇지만 만약 그녀가 주소옥의 동생이 아니었다면 이렇게 한 침상에서 한 이불을 같이 덮고 자는 일은 꿈도 꾸지 못할 것이다.

그는 그녀가 깨지 않도록 조심해서 잠자리에서 빠져나와 소아와 맹탁에게 북두인을 가르치기 위해서 방을 나갔다.

쾌도비는 할 일이 두 가지로 늘었다. 예건후를 만나는 것이 첫 번째이고 여의루 소루주 여의천비를 만나서 열 개의 쇠 상자를 돌려주는 것이 두 번째다.

만사당주 문정호에게 그들을 만나게 해달라고 부탁하는 것은 조금 께름칙하다.

문정호는 뼛속까지 팔신궁 사람인데 술 몇 번 얻어먹었다고 영혼까지 팔지는 않을 것이기 때문이다.

오히려 괜히 잘못 말을 꺼냈다가는 의심을 사서 긁어 부스럼을 만들 수도 있다.

아니, 그럴 가능성이 크다. 그래서 쾌도비는 혼자 힘으로 해보기로 했다.

그는 굳이 따라오겠다고 떼를 쓰는 요령을 맹탁의 집에 겨우 떼어놓고 늦은 아침나절에 혼자 거리로 나왔다.

그는 몸에 딱 맞는 날렵한 흑의 경장에 챙이 넓은 방갓을 쓰고 있는 모습이다.

마차를 되찾으면서 은의녀 호연에게 얼굴을 보였기 때문에 조심을 해야 한다.

맹탁의 집을 나선 지 일각여 만에 팔신궁 전문 앞에 이르렀다. 언제나 그런 것처럼 전문은 굳게 닫혀 있고 네 명의 팔신궁 고수가 양쪽에서 지키고 있다.

그는 전문 앞을 그냥 지나쳤다가 일각 후에 다시 돌아와서 한 번 더 왕복하고는 발길을 돌렸다.

이런 식으로는 백날 전문 앞을 오락가락해 봐야 소용이 없다고 판단했다.

그래서 위험을 감수하고서라도 오늘 밤에 팔신궁에 잠입하여 예건후든 여의천비든 아무나 걸리는 대로 만나봐야겠다고 결정했다.

그런 생각을 하면서 팔신궁 전문을 등지고 십여 장쯤 걸어가고 있을 때 옆에서 귀에 익은 목소리가 들렸다.

"그냥 가는 거야?"

힐끗 보니까 어제의 헐렁한 경장을 입은 요령이다. 집에 있

으라고 떼어놓았던 그녀가 사람이 이렇게 많은 거리에서 족
집게처럼 그를 찾아 나타났다.

"예건후나 현도진을 만나려는 거지?"

그녀는 다 안다는 듯 말했다.

"그래."

그는 건성으로 대답했다.

"내가 팔신궁에 들어가서 그 두 명에게 당신이 만나고 싶
어 한다고 전해줄게."

"됐다."

그는 요령의 하는 말에 실소조차도 나오지 않았다. 팔신궁
이 어떤 곳인데 안방 드나들 듯이 들어간다는 말인가.

그런데 몇 걸음 걷다 보니까 옆에서 요령의 기척이 느껴지
지 않았다.

돌아보니 그녀가 보이지 않았다. 직감적으로 그녀가 팔신
궁에 갔을 것이라는 생각이 들어 마음이 조급해졌다.

급히 뒤돌아봤지만 수많은 행인 속에서 그녀의 모습이 보
이지 않아 초조해졌다.

팔신궁이 어떤 곳인지도 모르고 무작정 담을 넘었다가는
십중팔구 붙잡히고 만다.

더구나 그녀가 붙잡히고 나서 남령왕의 양딸이라는 사실
을 실토하게 된다면, 쾌도비는 절대로 살아 있는 그녀를 다시

볼 수는 없을 것이다.

"령아……."

그는 팔신궁 쪽을 쳐다보면서 나직이 중얼거렸다.

"나 불렀어?"

그런데 그의 바로 옆에서 불쑥 요령의 목소리가 들려서 쳐다보니 그녀는 그곳에 서서 뒷짐을 지고 그를 말끄러미 올려다보았다.

쾌도비는 그녀가 팔신궁 담을 넘었을 것이라고 착각했던 자신의 생각이 어이없었다.

그녀는 근처에 있었는데 팔신궁 쪽만 주시했으니 그녀를 발견하지 못한 게 당연했다.

"집에 가자."

그는 다시 걷기 시작했다.

"예건후하고 현도진 만나지 않을 거야?"

요령은 그의 팔을 잡고는 쫄랑거리며 걸으면서 물었다.

쾌도비는 이렇게 천진난만한 요령에게 자신의 할 일에 대해서 조금 전에 대충 말했던 것이 조금 미안해졌다.

"현도진은 만날 필요가 없다."

"그럼 예건후만 만나면 돼?"

"아니다. 팔신궁에 있는 여의천비라는 사람을 만나야 할 일이 생겼다."

“흐음… 여의루 소루주라는 여의천비 말이지?”

“그렇다.”

쾌도비는 자신과 만사당주 문정호의 대화를 요령이 다 들었다는 사실을 상기했다.

“그녀는 왜 만나려는 건데?”

쾌도비는 자신이 돈이 궁해서 훔쳤던 마차의 물건 때문에 여의루가 선택의 여지가 없이 팔신궁을 도와서 천절문을 공격하게 될 것이며, 그것 때문에 주소옥이 위험해질 수 있다는 사실을 설명해 주었다. 요령으로서도 그런 사실을 알 자격이 있다.

“그렇구나.”

다 듣고 나서 요령은 쾌도비를 책망하지 않고 진지한 표정으로 고개를 끄떡였다.

“그러니까 돈이 필요해서 마차를 훔쳤는데 알고 보니까 팔신궁이 여의루에게 보내는 거였다는 거로군? 그래서 그걸 여의천비에게 되돌려 주고 천절문을 공격하는 일에서 손을 떼라고 말한다 그거지?”

“그렇다.”

그녀는 고개를 끄떡였다.

“내가 여의천비라면 물건을 돌려받으면 팔신궁에 줘버리고 속 시원하게 떠나 버릴 거야.”

철없게만 여겼던 요령의 말이지만 쾌도비에겐 조금 위로가 돼주었다.

"애초에 여의루가 팔신궁을 도울 생각이 없었다면 당연히 그러겠지."

방울을 작게 흔드는 듯한 그녀의 목소리는 그것으로 끝났다. 그리고 조금 전처럼 쾌도비 옆에서 사라졌다.

쾌도비는 급히 뒤돌아보았다. 요령이 보이지 않자 아까처럼 옆에 두고 찾는 게 아닌가 싶어서 제자리에서 한 바퀴 돌면서 찾아봤으나 그녀는 어디에도 없다.

[어디에서 만나기로 할 거야?]

요령의 모습은 보이지 않는데 그녀의 짤랑거리는 전음이 귀를 파고들었다.

"령아, 어디 있는 거냐?"

그는 그 자리에 서서 허공에 대고 혼자 중얼거렸다. 그녀가 어디에 있는 줄 모르기 때문에 전음을 보낼 수도 없는 상황이다.

[빨리 말해. 내가 그들을 만나면 당신이 어디에서 기다리고 있다고 말해줘야 할 거 아냐?]

요령의 전음은 방금 전보다 더 멀리에서 들렸다.

쾌도비는 그녀가 장난하는 것이 아니라고 판단하여 급히 팔신궁을 향해 빠르게 걸어갔다.

“령아, 들어가면 안 된다. 어서……”

[나 이미 담 넘었단 말이야. 당신이 대답하지 않으면 기껏 잠입했는데 헛걸음만 하잖아. 이제 거리가 멀어져서 전음도 보낼 수 없어. 언제 어디야?]

쾌도비는 낙담했다. 하지만 그녀가 이미 담을 넘었다면 지금 상황에서는 걱정은 되지만 그래도 요령에게 한 가닥 희망을 걸어보는 수밖에 없다.

“술시(밤 8시) 화도삼루 적월루다.”

그는 생각나는 대로 급히 말하고는 잰걸음을 놀려서 어느덧 팔신궁 전문이 보이는 곳에 이르러 높은 담이 둘러쳐진 골목으로 들어서며 재빨리 담 위쪽을 살펴보았으나 요령은 보이지 않았다.

“령아.”

골목 안쪽으로 달려가며 그녀를 몇 번 불렀으나 대답은 돌아오지 않았다.

요령은 거대한 팔신궁 내부를 반 시진 넘게 돌아다닌 끝에 여의천비와 예건후의 숙소를 찾아내는 데 성공했으나 그녀가 알아본 결과 예건후는 현재 팔신궁에 없는 것 같았다.

겨우 찾아낸 예건후의 집무실인 백호궁(白虎宮) 그의 방은 텅 비어 있었다.

요령이 반 시진 동안 팔신궁 안을 샅샅이 뒤지면서 돌아다니는 동안 그녀의 모습을 발견하거나 기척을 감지한 사람은 아무도 없었다.

그녀는 중원의 무공은 전혀 모르는 대신 묘강 대대로 전해져 내려오는 여러 종류의 술법(術法)과 독술(毒術) 등에 능통하다.

지금 그녀가 팔신궁 내에서 사용하고 있는 술법은 묘환술(妙幻術)과 적종술(寂踪術) 두 가지다. 묘환술은 모습을 감쪽같이 없애는 것이고, 적종술은 추호의 기척도 내지 않는 신묘한 술법이다.

은조(銀照)는 팔신궁에 온 지 오늘로 나흘째지만 그동안 숙소에서 한 발도 밖으로 나가지 않았다.

처음에는 북경에 볼거리가 많다고 해서 유람 삼아 팔신궁에 오겠다고 여의루주인 모친에게 말했었다.

하지만 이곳에 도착한 이후 그녀 주변에서 돌아가는 상황이 점점 이상하게 변해가는 탓에 유람을 할 기분이 조금도 생기지 않았다.

원래 여의루는 강호의 일에 중립을 고수해 왔었다. 그런데 두어 달쯤 전에 팔신궁주 무황천신이 여의루주에게 친서를 보내왔다.

친서에는 천절문이 강호의 주인인 것처럼 눈에 보이는 것 없이 행동한다는 등의 천절문에 대한 죄상이 낱낱이 열거되어 있었다.

그러니까 여의루가 팔신궁과 힘을 합쳐서 천절문을 공격하자는 제안과 함께, 약소하지만 조력해 주는 대가로 여의루에서 곧 받아볼 마차에 실린 액수를 매월 여의루에 지불하겠다는 약속 등이 적혀 있었다.

중립을 고수하는 여의루지만 무황천신의 제안을 일언지하에 거절하기는 어려웠다.

그런 차에 팔신궁이 보냈다는 마차를 호송하는 수하들은 마차에 실려 있는 상자 안에 무엇이 들어 있는지에 대해서 여의루에 자세히 보고했다.

마차에 실려 있는 대금원보와 보석들을 은자로 환산하면 무려 일억오천만 냥에 달한다는 사실을 알게 된 여의루주는 그때부터 갈등하기 시작했다.

인간이라면 누구나 돈에는 약한 법이다. 더구나 매월 은자 일억오천만 냥을 벌 수 있는 일은 결코 흔하지 않다.

사신의 다른 세 개 문파와 방파처럼 여의루도 몇 가지 사업을 하고는 있지만, 월간 수입이 은자로 치면 삼백만 냥에도 미치지 못하는 수준이다.

그 수입으로는 거대한 여의루와 그에 딸린 식솔들을 운영하는 것만으로도 빠듯한 형편이다.

그런데 그것의 오십 배에 달하는 어마어마한 돈이 매월 굴러들어 온다니 여의루주로서는 갈등하지 않을 수가 없다.

그렇게 결정을 내리지 못하고 있는 상황에서 여의루주는 자신이 가장 아끼는 딸이자 수제자인 은조를 팔신궁에 답례차 보낸 것이다.

그것은 조금 더 갈등을 해보고 결정을 내리겠다는 여의루주의 시간벌기이기도 했다.

그런데 팔신궁을 떠나서 여의루로 향하던 마차가 털려 버렸다는 비보가 날아들었다. 여의루주의 갈등과 희망에 얼음물을 끼얹는 사건이다.

그래서 마침 다른 임무를 수행하러 강호에 나가 있는 청파루주에게 그 사건을 조사하여 마차의 물건을 회수하라고 지시했는데, 청파루주와 두 명의 호위고수, 그리고 애초에 마차를 호송했던 네 명의 수하마저 모조리 실종돼 버리고 말았다.

"하아……."

창가의 탁자 앞에 앉아서 창밖을 내다보고 있는 은조는 계속 한숨만 내쉬고 있다.

여의루가 자랑하는 절정고수인 동시에 천재라고 소문난 그녀조차도 작금의 상황은 어떻게 손을 써볼 방법이 전무한

실정이다.

실오라기 같은 단서라도 있어야 어떤 식으로든 조사에 착수할 수 있을 텐데, 이것은 마치 귀신이 조화를 부렸다고 밖에는 볼 수 없는 형국이다.

더구나 마차를 호송하던 수하들과 강탈당한 마차의 물건을 조사하고 있던 청파루주 일행조차도 감감무소식이니 더욱 속이 탈 뿐이다.

이 사태를 면밀하게 검토해 보면 오직 하나의 결론밖에는 나오지 않았다.

청파루주가 배신하여 마차의 물건을 갖고 잠적했을 것이라는 추측이다.

그러나 그것은 얼토당토않은 추론이다. 청파루주는 여의루에 대한 충성심이 깊을 뿐만 아니라, 그녀의 가족 열여섯 명이 현재 여의루에서 살고 있다.

그녀가 아무리 금은보화가 탐나기로서니 가족까지 팽개친 채 돈을 갖고 잠적했을 리는 없다.

은조는 개인적으로도 청파루주를 잘 알고 있다. 그녀가 생각하기에도 청파루주는 워낙 강직하고 사려 깊은 사람이라 절대로 그럴 사람이 아니다.

은조에게서 대여섯 걸음 떨어진 곳에는 그녀의 측근호위이며 그림자인 여의사령(如意四領)이 입구와 벽, 서가, 침상

옆에 우뚝 서서 그녀를 지켜보고 있다.

그녀들은 자신의 상전인 은조가 저토록 고심하는 모습은 처음 본다.

그녀들이 기억하고 있는 은조는 언제나 자신감에 넘쳤으며 어떤 난관에 봉착해도 하늘을 오시하는 천재적인 두뇌와 능력으로 척척 해결했었다.

척!

그때 문이 열리고 한 명의 중년 여인이 들어섰다. 그녀는 가까운 지역에서 여의루의 일을 하고 있던 녹영루주(綠影樓主)인데 은조의 부름을 받고 달려왔다.

"소루주."

약간 마른 듯 날카롭게 생긴 삼십대 중반의 녹영루주는 문 안쪽에서 은조를 향해 부복했다.

"왔느냐?"

은조는 창가에 앉은 채 녹영루주를 맞이했다. 원래의 모습을 되찾으려 애썼으나 녹영루주의 눈에 비친 은조는 꽤 의기소침해 있었다.

"수하를 몇이나 데리고 있느냐?"

"오십오 명입니다."

은조는 강호의 일을 하느라 오랫동안 밖에 나와 있는 중인 녹영루주와 제대로 인사를 나누지도 않고 곧장 본론으로 들어갔다.

"너는 지금 즉시 동명현과 고성현 사이에 있는 인무객잔이라는 곳에 가서 하나의 사건에 대해서 조사해라. 청파루 수하도 데리고 가라."

은조는 녹영루주에게 마차 강탈 사건의 단서가 될 만한 것을 찾아보라고 명령할 생각이다. 이 사건을 처음부터 다시 시작해야만 하기 때문이다.

팔신궁은 아직 마차 강탈 사건을 모르고 있는 것 같다. 만약 그들이 이 사실을 알게 된다면 필경 호재(好材)로 삼을 것이 틀림없다.

그들로서는 돈과 보물을 이미 여의루 고수들에게 넘겼으므로 그것을 도둑맞았다면 전적으로 여의루 책임이다. 그러므로 여의루가 천절문 공격에 동의하는 것으로 간주하는 것으로 밀어붙일 게 분명하다.

[당신이 여의천비인가?]

은조가 녹영루주에게 이번 사건에 대해 어디서부터 설명할 것인지를 생각하고 있는데 갑자기 어디선가 한 줄기 전음이 그녀의 귀에 전해졌다.

그녀는 가볍게 흠칫하여 재빨리 몸을 일으켜 창밖 여기저기를 둘러보았다. 그러나 눈에 띄는 사람은 아무도 없었고, 전음은 계속됐다.

[고개를 끄떡이지 않으면 그냥 가겠다.]

은조는 지금처럼 뒤숭숭한 상황에 느닷없이 전음을 보내오는 것이 심상치 않다고 판단하여 길게 생각하지 않고 즉시 고개를 끄떡였다.

네 명의 호위고수 여의사령과 녹영루주는 은조가 녹영루주에게 명령을 내리다가 말을 멈추고 일어나서 창밖을 두리번거리는 것을 보고 바싹 긴장했으나 그녀가 무엇 때문에 그러는지는 짐작조차 하지 못했다.

[팔신궁이 여의루에 보낸 마차의 물건을 찾고 싶은가?]

세 번째 전음에 은조는 피가 확 거꾸로 서는 것을 느꼈다. 그녀의 직감이 맞았다. 암중에서 전음을 보내는 여자는 마차 강탈 사건에 연루된 것이 분명하고, 그것 때문에 전음을 보내고 있는 것이다.

은조는 다시 자리에 앉으면서 고개를 끄떡였다. 보이지 않는 암중녀(暗中女)를 찾으려고 볼썽사납게 두리번거릴 필요가 없음을 느꼈다.

[마차의 물건을 갖고 있는 사람을 만나고 싶은가?]

은조는 서두르지 않았다. 그녀는 방금 전까지 흥분했었으나 지금은 호수의 깊은 물처럼 차분하게 가라앉았다.

마차 강탈 사건은 그녀로서 어떻게 해볼 방법이 없을 정도로 오리무중이어서 거의 포기할 상황이었는데, 그 사건을 저

지른 핵심인물인 듯한 여자가 제 발로 접근을 해왔다. 이것은 실로 획기적인 사건이다.

그런데도 은조는 총명한 두뇌와 냉철한 이성을 발휘하여 이 천재일우의 미끼를 덥석 물지 않고 오히려 이런 상황에서도 어떻게 하면 자신이 낚싯대를 잡아 주객을 전도시킬 수 있을 것인가를 궁리했다. 이런 것을 보면 그녀는 진정한 여장부라고 할 수 있다.

그렇게 잠시의 시간이 흐르는 동안 은조는 한 가지 좋은 방법이 생각이 나서 회심의 미소를 지었다. 한동안 대답을 하지 않으면 조바심이 난 암중녀가 어떤 행동을 취할 것이라고 생각했다.

그러면 정신을 바짝 차리고 있다가 그때 그녀를 덮쳐서 제압할 것이라는 계획을 세웠다.

암중녀의 마지막 전음이 들려오고 나서 다섯 호흡 정도의 시간이 흘렀을 때 은조는 지금쯤 그녀가 다시 전음을 보낼 것이라고 짐작했다.

그러면 그때도 대답을 하지 않을 것이고, 그러면 암중녀는 비로소 어떤 움직임을 취할 것이다.

하지만 다시 다섯 호흡이 지나도록 암중녀의 전음은 들려오지 않았다.

은조는 비로소 자신의 계획이 빗나갈지도 모른다는 불길

함에 조금 당황했다.

또다시 다섯 호흡이 지나자 그녀는 자신이 대답을 하지 않았기 때문에 암중녀가 그대로 가버렸을지도 모른다는 생각을 하기에 이르렀다.

낚싯대를 잡으려다가 외려 미끼를 물 수 있는 기회마저도 잃어버리고 만 것이다.

그리고 그녀는 매우 중요한 사실을 그때 깨달았다. 급한 것은 이쪽이지 전음을 보내온 암중녀는 급할 것이 없다는 사실이다.

단서라고는 아무것도 없는 상황에서 정말이지 굵직한, 아니, 마차를 강탈한 장본인을 만날 수 있는 기회가 조금 전까지 있었는데 지금은 사라져 버렸다.

은조는 너무 허탈해서 온몸의 기운이 다 빠졌다. 잔머리를 굴리다가 외려 저절로 굴러들어온 행운마저 놓쳐 버렸으니 자가당착에 빠지고 말았다.

그래서 그녀는 자신이 두뇌는 총명하지만 강호 경험이 없어서 이런 상황을 초래했다는 사실을 뼈저리게 깨달았다. 그러나 사후약방문(死後藥方文)이다. 이제 와서 후회해 봐야 소용이 없다.

"하아……."

그렇다고 암중녀가 어디에 있는 줄 알고 뛰어 나가서 찾아보기라도 한다는 말인가.

[대답을 들으려면 아직 더 기다려야 해?]

바로 그때 기적처럼 암중녀의 전음이 다시 들려오자 은조는 힘차게 고개를 끄떡이면서 바닥이 없는 무저갱(無底坑)으로 떨어지다가 밧줄을 붙잡은 심정이 되었다.

그렇지만 그녀는 아무 말도 하지 않았다. 이곳은 팔신궁 본궁이기 때문에 감시를 당하고 있을 것이라고 추측하기 때문이다.

마차 강탈 사건에 대해서는 팔신궁이 일체 모르고 있어야 한다. 그들이 알게 되면 칼자루를 손에 쥐어주는 상황이 돼버릴 것이다.

[오늘 밤 술시 화도삼루의 적월루야. 혼자 나와야 해.]

또다시 전음이 들리자 은조는 즉시 고개를 끄떡였다. 화도삼루는 너무 유명해서 그녀도 알고 있는 곳이다.

이후 계속 기다렸으나 암중녀의 전음은 들려오지 않았다.

그날 밤 술시.

화도삼루 중 적월루 입구에 한 명의 경장인이 나타났다.

일신에 눈처럼 흰 백의 경장을 입었으며 어깨에는 백색의 검을 멨고 이마에는 흰 문사건을 질끈 동여맨 보는 이의 마음을 사로잡기에 충분한 빼어난 미남이다.

남장을 한 여의천비 은조가 마차를 강탈한 돈과 보물을 갖고 있다는 인물을 만나러 적월루에 온 것이다.

그녀는 암중녀가 말한 대로 혼자 이곳에 왔다. 지척에서 전음을 보내는 데도 그녀가 찾아내지 못할 정도라면 암중녀는 대단한 고수일 텐데 수하들을 몰래 이끌고 온다면 발각될 가능성이 크고, 그리되면 만남 자체가 이루어지지 못할 것이다.

그게 아니더라도 은조는 자기 혼자 이곳에 온 것이 추호도 두렵지 않았고 후회되지도 않았다.

그녀는 여의루에서 모친인 여의루주를 제외하면 최강자로 군림하고 있다.

그 말은 강호에서 함부로 그녀에게 서툰 짓을 했다가는 패가망신을 당할 것이라는 뜻이다.

그녀는 또한 이곳까지 오는 동안 팔신궁의 미행을 당하지도 않았다.

물론 그녀가 갑자기 외출을 하는데 팔신궁이 미행을 하지 않을 리가 없다.

그렇지만 그 정도를 따돌리지 못한다면 여의천비라는 별호를 지니고 있을 자격이 없을 것이다. 어쨌든 그녀는 혼자서 적월루에 왔다.

그녀는 높이 오 층에 둘레가 이백여 장이나 되는 적월루의 엄청난 규모를 보고 슬쩍 아미를 찌푸렸다. 이렇게 큰 곳에서 어떻게 상대방을 찾을지 조금 걱정이 됐지만, 상대가 먼저 자신을 찾아낼 것이라고 믿었다.

적월루는 술시밖에 되지 않았는데도 수많은 손님으로 문전성시를 이루었다.

은조는 기루에 와보기는 난생처음이다. 기루는 아름다운 기녀들이 술과 요리, 웃음과 춤, 노래, 그리고 몸을 파는 곳이라서 그녀가 갈 이유가 없었다. 더구나 남장을 하고 기루에 오게 될 줄이야 상상도 못했었다.

입구 안쪽에는 북경의 단골들이나 천하각지에서 소문을 듣고 몰려든 수십 명의 울긋불긋 잘 차려입은 남자 손님이 벽쪽에 둘러 있는 의자에 앉아 있거나 기방(妓房)과 기녀를 배정하는 여자들과 대화를 나누고 있었다.

은조는 일단 적월루에 들어오기는 했는데 자신을 이곳에 오라고 한 인물은 어디에 있는 것인지 찾을 수가 없어서, 혹시 여기에 있는 남자 중에 섞여서 자신을 주시하고 있지 않을까 해서 그들을 한 명씩 유심히 살펴보았다.

"혹시 마차를 만나러 오셨나요?"

그때 짙은 화장을 한 어리고 아리따운 기녀가 은조에게 다가와서 조심스럽게 낮은 목소리로 물었다.

"그렇소."

은조는 짐짓 목소리를 굵게 하여 대답했다.

"따라오세요."

기녀는 앞장서서 계단으로 향했다. 그녀가 은조를 한눈에 찾아낼 수 있었던 것은 간단하다. 그녀를 이곳에 보낸 사람이 '손님 중에서 남녀를 막론하고 가장 잘생긴 사람을 데리고 오라'고 시켰기 때문이다.

적월루 오 층 호수가 굽어보이는 기방에서 미리 자리를 잡고 있는 쾌도비는 짙은 흑의 경장 차림에 방갓을 깊숙이 눌러 쓴 모습으로 창가에 앉아 있다.

요령이 여의천비에게 직접 술시에 적월루로 혼자 나오라는 말을 전했다고 했으나 쾌도비는 그 말을 그다지 신뢰하지는 않았다.

하지만 여의천비가 꼭 올 거라고 요령이 하도 자신만만하기에 반신반의하면서 적월루에 온 것이다.

지금 쾌도비가 있는 이곳은 적월루에서 최고급에 속하는 기방이며, 창가에 놓인 길쭉한 상에는 갖가지 미주가효가 그득하게 차려져 있다.

그리고 상 양쪽에는 책상다리로 앉을 수 있는 호피의가 맞은편과 넉 자 거리를 두고 놓여 있으며 한쪽에 쾌도비가 앉아 있다.

척!

"도 상공! 손님 오셨어요!"

그때 문이 열리고 짙은 화장을 한 어리고 아리따운 기녀가 들어서며 노래하듯이 외쳤다.

그녀는 팔신궁 만사당주 문정호와 이곳에 올 때마다 쾌도비의 시중을 들었던 기녀다.

쾌도비는 문 쪽을 쳐다보면서 적잖이 긴장했으나 방갓 속에 감추어진 그의 얼굴은 무표정했다.

그는 기녀의 뒤를 따라서 천천히 안으로 들어오고 있는 준수한, 아니, 아름다운 사내를 발견하고 방갓 안의 눈이 조금 커졌다.

'왔다.'

요령이 호언장담한 대로 정말 여의천비가 온 것이다.

쾌도비는 여의천비 은조를 한눈에 알아보았다. 그녀는 그저 남장을 했을 뿐이지 남자로 보이기 위해서 노력한 다른 흔적은 없었다.

그녀는 문 안쪽에 우뚝 서서 뚫어지게 쾌도비를 주시할 뿐 움직이지 않았다.

쾌도비도 그녀를 마주 쳐다보면서 침묵을 지켰으며, 기녀는 공손히 인사를 하고 물러갔다.

문이 닫히고 나서도 은조는 그 자리에 꼿꼿하게 서 있다가 이윽고 가라앉은 목소리로 말했다.

"네가 마차를 도둑질한 놈이냐?"

첫마디부터 심상치 않다. 하대를 하는 것은 물론이고 예의 마저 갖추지 않았다.

당장 손을 써서 쾌도비를 제압하고 싶은 것을 애써 인내하고 있기에 말이 곱게 나갈 리가 없다.

"그렇다."

예의를 기대하지 않았으며 자신 역시 예의를 차릴 생각이 없는 쾌도비는 딱딱하게 대꾸했다.

"간덩이가 부은 놈이로구나. 한낱 도둑놈 주제에 감히 여의루 물건에 손을 대다니."

은조는 이윽고 걸음을 옮겨 쾌도비 맞은편으로 걸어오더니 호피의에 책상다리를 하고 앉았다.

사실 그녀는 지금 머릿속이 좀 복잡했다. 팔신궁 깊숙한 곳에까지 잠입을 하여 모습을 완벽하게 감춘 상태에서 그녀에게 전음을 보내 적월루의 약속을 잡은 암중녀의 무공은 실로 대단한 것이었다.

아니, 무공까지는 모른다고 해도 은둔술이나 경공만큼은 혀를 내두를 정도였다.

그래서 나중에 생각을 정리해 보니까 암중녀는 마차를 강탈한 인물의 단지 심부름꾼에 불과했다.

그 정도 고수를 심부름꾼으로 부릴 정도라면 마차를 강탈

한 인물은 그녀보다 더 대단한 고수거나 그녀의 상전, 혹은
주인일 것이라고 판단했다.

그리고 지금 마차를 강탈했다는 자를 은조의 눈으로 직접
보니까 과연 범상한 인물이 아니다.

방갓으로 얼굴을 가려서 깨끗하고 강직한 턱만 보일 뿐이
지만, 그에게서 묵직하면서도 음유한 고수만의 기도가 흘러
나오는 것을 은조는 감지했다.

그뿐만이 아니라 방갓을 쓴 자는 매우 독특한 기운을 흘리
고 있었다.

그것이 무엇인지 정확하게 파악할 수는 없지만, 그 기운을
접하자 괜히 우울해지고 또 마음이 무거워지는 것을 떨쳐내
기 어려웠다.

그래서 그녀는 이자가 한낱 도둑놈이 아니라 마차를 강탈
한 이유가 따로 있을 것이라고 판단했다. 이 정도의 대단한
인물이 돈이 궁해서 마차를 강탈했을 리가 없다.

그러면서도 첫 만남부터 그를 도둑놈이라고 부르는 이유
는 그로 인해서 겪고 있는 총체적 난국 때문에 골머리를 썩느
라 속이 뒤틀릴 대로 뒤틀린 상태이기 때문이다.

은조는 쾌도비처럼 꼿꼿하게 앉아서 그를 똑바로 주시하
며 차가운 표정을 지었다.

"할 말이 있으면 해라."

산해진미가 차려져 있지만 그녀는 눈길조차 주지 않았다. 어차피 먹고 마시려고 이곳에 온 게 아니다.

"만약 마차의 물건을 돌려주면 여의루는 팔신궁에서 손을 떼겠느냐?"

쾌도비의 말에 은조는 싸늘한 미소를 머금었다. 상대가 마차를 강탈한 이유를 조금쯤 알 것 같기 때문이다.

쾌도비의 물음에 대한 대답은 은조로서도 할 수가 없다. 그 결정은 모친인 여의루주가 내려야 하기 때문이다.

"그것은 어머니께서 내릴 결정이다."

"그렇다면 대답을 기다리겠다."

슥―

"앉아라."

쾌도비가 더 이상 할 말이 없다는 듯 일어서니까 은조가 차갑게 내뱉었다.

"더 할 말이 있느냐?"

쾌도비는 될 수 있는 한 은조하고 싸우고 싶지 않았다. 적이 아닌 그녀하고 싸울 이유가 없다. 더구나 강호육비인 그녀와 싸우면 패할 가능성이 크다.

"네가 내 입장이라면 할 말이 없겠느냐?"

쾌도비의 목적은 어떻게 하든 여의루가 팔신궁과 손을 끊고 물러나게 하는 것이다.

그러므로 그녀를 설득할 필요가 있지만 결정적으로 그는
말주변이 없다.

"술을 마신다면 앉겠다."

그가 일어선 채 뜬금없는 요구를 하자 은조는 어이없다는
표정을 짓더니 고개를 끄떡였다.

"알았다."

배주해원(杯酒解怨), 술잔을 마주하다 보면 묵은 원한도 풀
린다는 옛말이 있다. 쾌도비는 술을 마시면서 차근차근 대화
를 풀어보려는 생각을 했다.

은조의 첫인상은 얼음 그 자체처럼 차디차지만 몇 잔의 술
과 대화가 그것을 녹일 수 있을지도 모른다는 희망을 가져보
았다.

쪼르르…….

두 사람은 마주 앉아서 각자의 잔에 스스로 술을 따라 첫잔
을 마셨다.

은조는 두 잔째 술을 따르고 잔을 들고서 쾌도비를 바라보
았다.

"너는 누구냐?"

그 물음에 쾌도비는 은조가 아직 자신이 누군지 모르는 것
이라고 생각했다.

은의녀 호연을 살려주었기 때문에 그녀가 은조에게 가서

모든 상황을 자세히 보고하면 마차를 강탈한 것이 무정도라
는 사실이 드러날지도 모른다고 예상했었다.

그런데 어찌 된 일인지 은조는 쾌도비가 누군지 모르고 있
는 듯했다.

그것은 두 가지를 뜻한다. 호연이 은조가 있는 팔신궁이나
여의루로 복귀하지 않았든지, 아니면 호연이 쾌도비의 정체
를 모르고 있기 때문일 것이다.

호연이 모른다는 것은 청파루주도 몰랐을 것이라는 뜻이
다. 즉, 청파루주는 아직 광족이나 정술을 잡아들이지 못했거
나 아니면 잡아들여서 고문을 하여 쾌도비라는 이름을 실토
하게 했어도 그게 무정도라는 사실을 몰랐을 수도 있다.

그러므로 쾌도비는 은조에게 일부러 자신의 정체를 밝힐
필요는 없다고 생각했다.

"내가 누구라는 것과 이 일은 별 상관이 없다."

은조는 두 잔째 술을 마시고 나서 표정의 변화 없이 싸늘하
게 말했다.

"그렇다면 두 번째 질문을 하겠다. 무엇 때문에 마차를 강
탈한 것이냐?"

"여의루가 팔신궁에 협조하지 않기를 원했다."

"그것은 본 루의 권한이지 네가 상관할 바가 아니다."

은조의 언성이 조금 높아지면서 쨍했다. 그녀의 목소리는

카랑카랑하고 또 고압적이다. 오랜 세월 동안 윗사람으로 군림한 자들의 특성이다.

"본 루가 팔신궁이 임의로 보낸 마차의 물건을 받아보고서도 협조하지 않을 수 있다는 생각은 해보지 않았느냐?"

사실 돈이 궁해서 마차를 강탈했던 쾌도비로서 그런 생각을 했을 리가 없다.

"내 대답은 똑같다."

"네가 마차를 강탈한 것이 본 루의 결정에 보탬이 될 것이라고 생각했느냐?"

"그렇다."

쾌도비는 대답을 하면서도 억지라는 것을 알았지만 밀고 나가는 수밖에 없다고 생각했다.

은조는 석 잔째 술을 마시고 나서 잔을 내려놓으며 더 이상 대화로는 풀 수 없다고 판단하여 손을 쓰기로 결정했다. 상대가 고강하겠지만 자신의 실력이면 충분히 이길 수 있다고 확신했다.

탁!

"네가 끝내 나를 화나게 만드는구나."

쾌도비는 차가운 미소를 머금었다.

"발작하면 물건을 찾지 못할 것이다."

"네놈이 나한테 제압되어 팔 하나쯤 잘린 후에도 그런 말을 할 수 있겠느냐?"

쾌도비의 얼굴이 방갓 안에서 굳어졌다. 그는 될 수 있으면 은조하고 싸우지 않을 생각이었다.

상대는 강호육비이기 때문이다. 그가 강호육비 흑창사비 용연풍을 죽일 수 있었던 것은 상대가 방심하고 있는 틈을 노려서 급습한 덕분이었다.

그렇지만 싸울 수밖에 없는 상황이라면 피하지 않을 것이다. 그 정도 각오도 없이 이 자리에 나오지 않았다.

"나는 여자하고는 싸우고 싶지 않다."

"흥! 내가 무서우냐?"

속이 더 뒤틀린 은조는 평소에 하지 않던 코웃음까지 쳤다.

쾌도비는 마지막 승부수를 던졌다.

"이것 하나는 알아둬라."

"뭐냐?"

"싸움이 시작되면 결과가 어찌 되든 마차의 물건은 돌려받지 못할 것이다."

쾌도비는 은조가 가볍게 흠칫하는 것을 놓치지 않았다.

은조는 갈등했지만 길지 않았다. 쾌도비를 제압하기만 하면 간단하다고 생각했다.

[내가 도와줄까?]

은조가 일어서는 것을 보고 쾌도비도 따라서 일어서고 있을 때 요령이 전음을 보냈다.

[독술로 저 계집을 제압할 수 있어.]

실내에 없는 요령이 어떻게 독술로 은조를 제압할 수 있다는 것인지 모르지만, 그녀의 말에 쾌도비는 잠시 갈등에 빠졌다.

하지만 그의 목적은 여의루가 팔신궁에서 손을 떼는 것이지 여의천비를 제압하자는 것이 아니다. 독술로 그녀를 제압한 후에 팔신궁과 손을 끊으라고 협박하는 것은 먹힐 것 같지 않았다.

그가 가만히 있자 요령은 더 이상 보채지 않았다.

第五十九章

미지숙시(未知孰是)
—누가 옳고 그른지 모른다

팔신궁 소궁주인 담무군(潭武君)은 오랜만에 화도삼루로
나들이를 나왔다.

그는 북경, 아니, 하북성 전체에서도 소문난 호색한이며 화
도삼루에 새 동기(童妓)가 왔다는 정보를 입수하기만 하면 무
슨 수를 써서라도 동기의 순결을 가져가고야 마는 것으로도
유명하다.

풀방구리에 쥐 드나들 듯 거의 이삼 일에 한 번씩 화도삼루
에 드나들었던 그가 지난 닷새 동안 집에 감금 아닌 감금을
당한 채 꼼짝도 못하다가 마침내 오늘 밤에 밤 외출을 하게

되었으니 아리따운 기녀들과 질펀하게 놀 상상을 하면 벌써부터 피가 뜨거워졌다.

그가 화도삼루가 있는 북해 근처에 이르렀을 때 앞쪽에서 대여섯 명의 경장 고수가 주위를 두리번거리면서 다가오고 있는 모습이 보였다.

"너희 여긴 어인 일이냐?"

"소궁주."

경장 고수들은 담무군을 발견하고 일제히 포권하며 공손히 허리를 굽히고 나서 한 명이 대답했다.

"여의천비를 미행했는데 놓쳤습니다."

담무군은 귀가 번쩍 뜨였다. 삼사 년 전부터 강북제일미라고 미명이 자자한 여의루 소루주 여의천비를 단 한 번만이라도 만나보고 싶어 했던 그였다.

그러던 차에 여의천비가 팔신궁에 왔다는 말을 듣고는 그렇게 좋아하던 화도삼루의 기녀들마저도 외면한 채 어떻게 하면 여의천비를 한 번 만날 수 있을 것인가 두문불출하면서 기회를 엿봤었으나 허사였다.

여의천비가 묵고 있는 곳은 팔신궁주와 몇몇 인물을 제외하고는 출입이 엄금되었기 때문에 다른 사람들은 얼씬도 할 수가 없다.

결국 그는 여의천비 주변을 닷새 동안 맴돌다가 헛물만 켜

고는 스스로 감금을 풀고 오늘 밤에 화도삼루로 나들이를 나
왔던 것이다.

"여의천비가 화도삼루에 갔느냐?"

"그건 아니고 여의천비가 이쪽 방향으로 가는 것을 미행하
다가 놓쳤습니다."

"그녀는 누구와 함께 있더냐?"

"혼자였습니다."

담무군은 눈동자를 굴리면서 잠시 생각하더니 곧 회심의
미소를 지으며 수하들에게 손짓을 했다.

"나를 따라와라."

그는 화도삼루가 있는 북해의 밤 풍경이 기막히게 멋있고
풍취가 있기 때문에 여의천비가 혼자서 구경을 하러 왔을지
도 모른다고 생각했다.

닷새 만에 꿩 대신 닭, 아니, 봉황 대신 닭이라도 품을까 하
고 화도삼루로 향하던 그는 오늘 밤에 잘하면 봉황을 만나서
인연을 맺을 수도 있을 것이라는 얼토당토않은 기대를 한껏
품었다.

스슷―

은조가 앞서고 쾌도비가 뒤따라 적월루 오 층 창에서 뛰어
내려 호숫가에 사뿐히 내려섰다.

그렇지만 이곳은 적월루와 가까워서 싸우기에 적당한 장소가 못 된다.

작은 소란이라도 벌어지면 적월루에 있던 사람이 모두 밖을 내다보게 될 것이다.

은조는 호수 맞은편을 바라보더니 즉시 신형을 날려 거침없이 호수 위로 날아올랐다.

휘익!

호수 맞은편은 송림(松林)이며 거리가 이백여 장에 달하는데, 은조가 호수 위로 날아올랐다는 것은 맞은편까지 경공술을 전개하겠다는 뜻이다.

하지만 쾌도비로서는 경공술로 단번에 이백 장이 아니라 십여 장을 나는 것도 무리다.

오른팔의 공력을 다리로 보내서 사용한다고 해도 중간에 두어 군데 발 디딜 곳이 있어야 하는데 수면을 찍고 도약하는 재주는 없다.

사아아…….

그사이에 은조는 발끝으로 살짝살짝 수면을 찍으면서 미끄러지듯이 우아하게 물 위를 질주하고 있다. 그녀가 아무리 가녀린 몸매라고 해도 어떻게 수면 위를 스치듯이 날 수 있는지 놀라운 재주다.

휘영청 달밤에 그녀가 달빛에 반짝이는 수면 위를 나는 모습은 마치 한 마리 백학이 학무(鶴舞)를 추는 것처럼 아름답기까지 했다.

쾌도비로서는 난감한 상황이지만 그녀처럼 수면 위를 날 수는 없는 노릇이다.

되지도 않은 재주를 부리려다가 낭패를 당하는 것보다는 두 다리로 달려서 호수를 빙 돌아 맞은편으로 가기로 마음먹고 호숫가를 따라 달리려고 했다.

[바보. 철황을 타.]

그때 요령의 전음이 귀를 울리는가 싶더니 어느새 그의 앞에 철황이 추호의 기척도 없이 날개를 접은 채 내려앉아 있었다.

좋은 방법이다 싶어서 그는 철황의 등에 엎드려 두 손으로 목을 감싸듯 안았다.

다음 순간 그는 자신이 지상에서 수십 장 높이 밤하늘에 떠 있다는 사실을 알아차렸고, 그다음에는 어느새 맞은편 송림 한가운데 기척도 없이 내려앉아 있었다.

실로 눈 한 번 깜빡이는 것보다 더 빠르게 호수를 건넜다. 따지고 보면 철황 등에 올라타고 내리는 데 시간이 더 걸리는 것 같았다.

삭―

은조는 적월루 앞을 출발하여 다섯 호흡 만에 이백여 장 거리의 호수를 다 건너 송림 앞에 사뿐히 내려섰다.

“하아…….”

그녀로서도 이처럼 이백여 장이나 되는 거리를 등평도수(蹬萍渡水)의 신법으로 건너는 것은 짧은 시간에 많은 공력을 허비하는 것이어서 땅에 내려서자 가쁜 숨소리가 먼저 새어 나왔다.

그녀의 발은 발목까지 젖어 있었다. 아무리 조심하고 전력을 다한다고 해도 아직은 발을 적셔야만 하는 수준이다.

그녀의 모친이라면 발바닥에만 물을 묻히고서도 이 정도 거리는 식은 죽 먹기다.

그래도 그녀는 처음 시도해 본 이백여 장 거리의 물 위를 등평도수로 건넌 자신이 무척 대견했다.

갈아 마셔도 시원하지 않을 놈을 싸우기도 전에 코를 납작하게 만들어주고 싶었는데 이 정도면 성공한 것 같아서 속이 후련했다.

그녀는 호수를 건너는 것으로 자신의 능력을 뽐내면서 동시에 쾌도비를 시험해 보고 싶었다.

하나를 보면 열을 알 수 있다고 했으니, 호수를 어떤 수법으로 건너는지 살펴보면 그의 실력을 가늠할 수 있을 것이라 여겼다.

그렇지만 모르긴 해도 쾌도비는 무슨 수법을 전개하더라도 호수를 건너지 못할 것이라고 예상했다.

등평도수나 초상비(草上飛) 같은 초상승 경공술은 아무나 하는 것이 아니다.

그래서 이것으로 싸우기 전에 이미 승기를 잡았다고 그녀는 확신했다.

바삭…….

과연 쾌도비가 무엇을 어떻게 하고 있는지 보기 위해서 그녀가 몸을 돌리려고 하는데 갑자기 앞쪽 송림에서 미약한 소리가 들렸다.

"아…….."

앞을 쳐다보던 그녀는 그 자리에서 몸이 굳으며 부지중 낮은 탄성을 흘렸다.

송림 안에서 뒷짐을 진 채 천천히 걸어 나오고 있는 쾌도비를 발견했기 때문이다.

그녀는 눈으로 보면서도 믿어지지 않았다. 쾌도비가 그녀보다 먼저 호수를 건너와서 기다리고 있었다니, 도저히 있을 수 없는 일이다.

등평도수보다 더 빠르게 이백여 장 거리의 호수를 건너는 수법이라면 전설의 어풍비행(馭風飛行)밖에 없는데 쾌도비가 그것을 전개했다는 말이 된다.

쾌도비의 기를 꺾어놓으려고 등평도수로 호수를 건너는 무리수를 던졌던 그녀는 외려 자신이 기가 꺾인 것은 물론이고 자존심까지도 크게 다쳤다.

하지만 그녀가 자초한 일이고 누굴 나무랄 수도 없으며 또 한 가지 중요한 사실이 있다.

경공술로만 봤을 때 그녀보다 쾌도비가 훨씬 뛰어난 것이 사실이다. 어떤 수법을 전개했든 그가 그녀보다 호수를 먼저 건넜으니 말이다.

그녀는 호수를 건너는 것으로 쾌도비를 시험해 보려고 했는데 그 결과는 그녀의 철저한 완패다.

하나를 보면 열을 알 수 있다고 생각한 것은 그녀였다. 그렇게 봤을 때 그녀는 이미 패한 싸움을 이제부터 시작해야만 하는 것이다.

은조는 쾌도비가 아무 말도 하지 않고 묵묵히 자신을 주시하고 있는 것이 못마땅했다.

만약 반대의 상황이었다면 그녀는 쾌도비를 한껏 비웃으면서 조롱하려고 했었다.

그런데 쾌도비는 조롱은커녕 아무 말도 하지 않고 우두커니 서서 쳐다보고만 있다.

그것이 은조를 더욱 불쾌하게 만들었다. 차라리 실컷 비웃는다면 뭐라고 반발이라도 하든가 싸워서 기필코 짓밟아주겠다고 전의라도 불태울 텐데, 그저 묵묵히 서 있기만 하니까 마음이 복잡하기 이를 데 없었다.

“묻겠다. 어째서 나와 싸우려는 것이냐?”

약간 높은 곳에 서 있는 쾌도비가 그녀를 굽어보며 물었다.

은조는 대답이 궁해서 머뭇거렸다. 조금 전까지만 해도 쾌도비를 제압해서 마차의 물건을 되찾고 그의 정체와 진짜 속셈이 뭔지 알아내겠다고 마음먹고 또 그럴 자신이 있었지만 지금은 아니다.

원래 그녀는 대단한 성깔의 소유자다. 일단 무엇을 하겠다고 마음을 먹으면 모친조차도 말리지 못할 정도다. 뿐만 아니라 성격이 급해서 조금만 화가 나면 장풍이나 검이 먼저 뿜어져 나가기 일쑤였다.

하지만 대단한 성깔이고 성격이 급하다고 해서 머리가 비었다는 뜻은 아니다.

“너를 제압해서 마차의 물건을 찾고 너의 정체를 알아내기 위해서다.”

“팔신궁과 손을 끊는다면 돈은 언제든지 돌려주겠다.”

“말했잖느냐? 그것은 내가 결정할 일이 아니다!”

“열흘 여유를 주겠다.”

“열흘?”

할 말을 다했다고 생각한 쾌도비는 이쯤에서 물러나는 것이 좋겠다고 생각했다. 더 있어봐야 은조하고 싸울 일밖에 없을 것이다. 그녀와 싸우면 득보다는 실이 훨씬 많을 것이 분명하다.

"열흘 후에 다시 연락하겠다."

슥—

말을 마치고 그는 송림 쪽으로 몸을 돌려 걸어갔다.

"멈춰라!"

쾌도비는 듣지 못한 듯 계속 걸어갔다.

숭—

"멈추지 않으면 배후에서 공격하겠다!"

은조는 발끈해서 어깨의 검을 뽑으며 날카롭게 외쳤다. 그녀는 정정당당한 것을 철칙으로 삼고 있지만 지금 상황에서는 쾌도비를 등 뒤에서 공격할 수도 있다고 생각했다.

"서툰 행동은 하지 마라. 나는 일단 공격하면 반드시 상대를 죽인다."

쾌도비는 돌아보지 않고 계속 걸어가면서 조용히 중얼거리는데 그 말이 은조에게는 깔보는 것처럼 들렸다.

사실 그는 비쾌법 일 초식 천지무쌍쾌나 이 초식 고금제일도를 전개하여 지금까지 상대를 죽이지 않았던 적이 한 번도 없었다.

그 두 가지 수법은 워낙 빠르고 강맹해서 적을 상대로 일단 발출하면 제어한다는 자체가 불가능하기 때문이다.

은조는 너무 화가 나서 입술을 깨물며 검을 쥔 오른손을 가

늘게 떨었다.

'저놈이…….'

자신이 이런 모욕을 당하면서도 두려움 때문에 공격을 하지 못하는 것이 평소의 자신답지 않다는 생각이 들었으나 왠지 뭔가 불길했다.

강호육비의 한 명인 여의천비에게 등을 보이면서도 버젓이 걸어가고 있는 저 사내의 등을 공격하는 것은 쉬워 보이지만, 실제 그렇게 하면 오히려 그녀가 당할 것 같다는 말도 안 되는 불길함이 스멀거렸다.

"서라! 서지 않으면 공격하겠다!"

그녀는 검첨으로 쾌도비를 가리키면서 다시 한 번 차갑게 위협했으나 쾌도비는 꿈쩍도 하지 않았다.

그녀가 이러지도 저러지도 못하면서 발을 구르며 갈등하고 있을 때 느닷없이 옆쪽 호숫가에서 파공음이 들려서 급히 쳐다보았다.

호숫가에서 그녀 쪽으로 한 명의 화려한 금의 단삼을 입은 청년이 쏘아오고 있으며, 그 뒤쪽 멀찍이에서 다섯 명의 경장 고수가 따르고 있었다.

은조는 그들이 누군지 몰라서 일순 당황하는데 선두의 제법 준수한 금의 청년이 그녀 곁에 이르러 의미심장한 흐릿한 미소를 지어 보였다.

[염려 마시오, 소루주. 불초가 저놈을 잡아주겠소.]

자신이 여의천비를 도울 수 있게 된 것을 매우 다행스럽게 생각하는 금의 청년은 그녀에게 의기양양한 목소리로 전음을 보내더니 곧장 쾌도비의 배후를 향해 돌진하면서 어깨의 검을 뽑았다.

"이놈아! 여의천비께서 서라고 하지 않았느냐?"

은조는 아닌 밤중에 별 미친놈이 다 있구나 싶은 표정이지만 일단 지켜보기로 했다. 이 기회에 쾌도비의 솜씨를 보고 싶은 것이다.

여의천비 앞에서 자신의 솜씨를 뽐내고 싶은 금의 청년은 전속력으로 돌진하더니 순식간에 거리가 삼 장으로 좁혀지자 검을 휘두르며 눈부신 검화(劍花)를 쏟아내 쾌도비의 등을 공격했다.

그것은 검풍(劍風)에 검화가 섞인 수준 높은 검법으로서 과연 금의 청년이 안하무인처럼 행동할 만했다.

쏴아아—

그걸 보고 은조는 흠칫했다.

'질풍검화(疾風劍花)!'

질풍검화라는 검법은 팔신궁의 성명무공 중 하나이며 궁주의 직계가족만 익힐 수 있다는 사실을 그녀가 생각해 내고 흠칫 놀라고 있을 때 쾌도비가 빠르게 상체를 돌리는 모습이 시야에 들어왔다.

그리고 그가 슬쩍 오른손을 휘두르자 아무것도 발출되지 않았는데 맹렬하게 공격하던 금의 청년이 갑자기 멈칫하며 동작을 멈추었다.

투우…….

그리고는 마치 착각처럼 금의 청년의 목이 깨끗하게 잘려서 머리통은 땅에 떨어지고 달려가던 몸뚱이만 몇 걸음 비틀거리면서 나가다가 균형을 잃고 고꾸라졌다.

은조는 그 자리에 얼어붙었다. 금의 청년이 질풍검화라는 유명한 검법을 전개했다는 것과, 쾌도비가 슬쩍 손을 휘두르는 것만으로 금의 청년의 목이 간단히 잘라져 버렸다는 충격이 겹쳐져서 경악과 혼란이 교차했다.

그녀는 금의 청년이 누군지 모르지만 질풍검화를 전개하는 것으로 미루어 팔신궁주 무황천신의 직계가족이 틀림없다고 생각했다.

그렇지만 방금 목격한 쾌도비의 수법이 무엇인지 그녀는 짐작조차 할 수 없었다.

뭔가 펼쳐지는 과정을 봐야지만 그 수법이 무엇인지 짐작이라도 할 텐데 그녀는 아무것도 보지 못했다.

만약 그와 싸움이 벌어져서 그 수법을 자신에게 전개한다면 그녀는 그것을 어떻게 피하거나 막아야 할지 대책이 서지 않았다.

그래서 그녀는 조금 전에 쾌도비가 '서툰 행동은 하지 마라. 나는 일단 공격하면 반드시 상대를 죽인다'라고 했던 말이 생각나며 가슴속에 파고들었다.

과연 그는 자신의 말처럼 초식을 전개하자마자 금의 청년을 일 초식에 죽여 버렸다.

그것을 당하는 사람이 피하거나 막을 수 없는 것처럼, 쾌도비조차도 그 수법이 일단 전개되면 제어할 수 없는 것처럼 느껴졌다.

"소루주! 저자가 소궁주를 죽였습니다! 저자를 잡는 것을 도와주십시오!"

그때 한 걸음 늦게 달려온 다섯 명의 경장 고수가 금의 청년의 죽음에 충격과 비통함을 감추지 못하고 은조에게 소리치며 한꺼번에 쾌도비를 향해 달려갔다.

"맙소사. 팔신궁 소궁주였어……."

은조는 방금 목이 잘려서 죽은 금의 청년이 팔신궁 소궁주라는 사실을 비로소 깨달았다. 도대체 그가 왜 갑자기 이곳에 나타났는지 모를 일이다.

그녀가 아직도 정신을 차리지 못한 상태에서 쳐다보고 있을 때 이쪽으로 완전히 돌아선 쾌도비가 자신을 향해 공격을 퍼붓고 있는 네 명의 경장 고수, 즉 팔신궁 고수들을 향해 오른팔을 가볍게 휘둘렀다.

번쩍!

은조는 이번에 쾌도비의 오른손에 쥐어져 있는 검푸른색의 칙칙한 한 자루 짧은 도와 그 도가 흩뿌려내는 흐릿한 광채를 목격했다.

"크윽!"

"끅!"

후두둑…….

답답한 신음 소리에 이어서 넝쿨에서 호박이 떨어지는 듯한 소리가 뒤따르며 쾌도비를 공격하던 네 명의 고수가 목이나 몸통이 통째로 잘려서 우르르 쓰러졌다.

'강기!'

그 광경을 보고 은조는 쾌도비의 검푸른 도에서 발출된 무형의 기운이 강기라고 간파했다.

검법의 최고봉인 강기는 그녀조차도 전개하지 못한다. 그녀는 단지 검기 정도를 전개할 뿐이다.

그때 은조는 가장 뒤늦게 도착한 마지막 한 명의 팔신궁 고수가 그 광경을 보고 주춤거리더니 몸을 돌려 왔던 길을 따라서 도망치는 것을 발견하고 재빨리 그를 향해 왼손 중지를 뻗었다.

쉬잇!

팍!

"흐억!"

그녀의 중지에서 붉은 홍광이 일직선으로 뻗어나가 도망치는 자의 뒷목을 적중시키자 그자는 뭔가를 토해내는 듯한 신음과 함께 앞으로 고꾸라지며 즉사했다.

쾌도비는 그 자리에 우두커니 서서 목이 잘린 채 땅에 엎어져 있는 금의 청년의 몸뚱이를 굽어보았다.

방금 경장 고수들의 외침과 은조의 중얼거림으로 그는 금의 청년이 팔신궁 소궁주라는 사실을 알게 되었다.

이것은 전혀 예상하지 못했던 일이다. 팔신궁 소궁주가 이곳에 나타나서 다짜고짜 공격할 줄이야 어떻게 짐작이라도 했겠는가.

그렇지만 무작정 공격을 하는데 가만히 서서 당할 수는 없는 노릇이었다.

팔신궁 소궁주를 죽였는데 그의 수하들을 죽이는 것쯤이야 대수로운 일이 아니다.

그러나 문제는 그가 팔신궁 소궁주를 죽였다는 것이고, 도망치는 팔신궁 고수 한 명을 은조가 지풍을 발출하여 죽였다는 사실이다.

방금 전 팔신궁 소궁주를 죽인 직후에 그는 잠시나마 은조를 의심했었다.

그녀가 미행을 따돌리지 못했거나 아니면 팔신궁 소궁주
와 함께 왔을 것이라고 말이다.

그렇지만 그녀가 도망치는 팔신궁 고수 한 명을 죽이는 것
을 보고 그런 의심은 사라졌다.

그것 때문에 쾌도비는 그녀에게 약간의 동지 의식 같은 것
이 느껴졌다.

은조가 도망치는 팔신궁 고수를 죽인 이유는 간단하다. 이
곳에서 벌어진 일을 팔신궁이 알아서는 안 되기 때문이다.

그녀는 뭔가 깊이 생각하는 얼굴로 팔신궁 소궁주 담무군
의 몸뚱이 쪽으로 천천히 걸어왔다.

"이자가 팔신궁 소궁주인가?"

쾌도비는 오른손에 쥐고 있는 비도쾌로 담무군의 몸뚱이
를 가리켰다.

"그래, 네가 죽였지."

쾌도비는 그를 죽이지 않았으면 자신이 죽었을 것이라는
말 따윈 하지 않았다.

은조는 깨끗하게 잘려서 피 한 방울도 나오지 않는 담무군
의 목을 굽어보다가 쾌도비의 오른손에 쥐어져 있는 비도쾌
를 힐끗 쳐다보았다.

쉿—

그 순간 은조는 오른쪽 세 걸음 떨어진 곳에 서 있는 무방

비 상태로 보이는 쾌도비를 향해 수중의 검을 전력으로 번개같이 떨쳤다.

그저 검을 떨친 것이 아니라 여의루에서 모친과 자신만 익힌 최고의 검법 여의비류검(如意飛流劍)을 전개하여 검기를 뿜어냈다.

이 검법은 비록 강호제일검법은 아니지만 소림사와 무당파, 천절문, 팔신궁의 성명검법과 더불어서 천하오대검법(天下五大劍法)으로 추앙받고 있다.

공력이 삼화취정(三花聚精)의 경지에 이른 그녀가 그것도 겨우 세 걸음 떨어진 곳의 쾌도비를 향해 전력으로 펼친 여의비류검이므로 빠르기는 섬광 같고 위력은 금석을 쪼개고도 남음이 있다.

쩌엉!

"아앗!"

은조는 급습을 하여 쾌도비의 왼쪽 어깨를 단칼에 베어서 비틀거릴 때 제압하려고 했었다.

그런데 오히려 그녀는 오른팔이 떨어져 나갈 듯한 고통에 뾰족한 비명을 터뜨리면서 반탄력에 의해 뒤로 일 장이나 날아갔다가 겨우 내려선 후에도 쓰러질 듯이 비틀거리며 물러났다.

텅!

손을 벗어난 검은 그녀의 귓전을 스치면서 머리카락 몇 올을 자르고 날아가 소나무에 깊숙이 꽂혔다.

은조는 비틀거리면서 무려 다섯 걸음이나 물러나서야 겨우 멈추었으나 강력한 반탄력에 의해서 몸이 그때까지 진동하고 있었다.

그녀는 매우 놀란 얼굴로 쾌도비를 바라보았다. 그는 방금 전 그녀의 급습으로 방갓이 쪼개지면서 벗겨져 얼굴이 드러난 상태다.

그녀가 놀라는 것은 그의 얼굴 때문이 아니라 급습이 실패했으며 오히려 자신의 검이 날아가고 그 충격으로 퉁겨 날아갔다가 물러섰다는 사실 때문이다.

급습이 실패했다. 더구나 천하오대검법 중 하나인 여의비류검을 불과 세 걸음 거리에서 강호육비의 한 명인 은조가 전개했는 데도 불구하고 실패한 것이다.

변명의 여지가 없는 명백한 패배다. 그런 호조건 상황에서도 급습이 실패했다면 일대일로 정정당당하게 싸우게 되면 그녀는 백전백패다.

조금 전 그녀가 등평도수로 이백여 장 거리의 호수를 건넜을 때 그녀보다 먼저 쾌도비가 송림에 도착한 것을 보고 자신의 상대가 아니라는 사실을 깨달았어야 했다.

그때 깨닫지 못했더라도 쾌도비가 팔신궁 소궁주 담무군의 목을 잘랐을 때, 생전 처음 보는 경이로운 수법과 강기를 보고 깨달았어도 늦은 것이 아니었다.

은조는 검을 쥐고 있었던 팔이 지독하게 아팠으나 쾌도비에게서 시선을 뗄 수가 없어서 팔을 들어 올리거나 쳐다보고 확인할 겨를 없다.

어쩌면 최악의 경우에 팔이 떨어져 나갔을 수도 있다. 조금 전에 급습을 했을 때 검이 뭔가에—아마도 쾌도비가 오른손에 쥐고 있는 검푸른색의 칙칙한 도일 것이다—부딪쳐서 날아가면서 극심한 통증을 느꼈었다.

그렇게 심한 통증은 생전 처음이다. 그러므로 팔이 떨어져 나갔다고 해도 이상한 일은 아니다.

팔이 어깨에서부터 떨어져 나갔는지, 아니면 팔꿈치나 손목인지 알 수가 없다. 손가락부터 어깨, 아니, 오른쪽 젖가슴 부위까지 아직도 너무 아파서 도대체 정신을 차릴 수가 없을 지경이다.

쾌도비는 조금 전 은조가 팔신궁 소궁주의 시체를 살피면서 곁으로 다가올 때 급습을 할지도 모른다는 생각에 만반의 준비를 하고 있었다.

그리고 그녀가 급습을 하는 것과 거의 같은 순간에 상체를 젖혀 그녀가 발출한 검기를 피하면서 비도쾌로 그녀의 검을 쳐서 날려 버렸다.

제 딴에는 최대한 빠르게 대처를 한다고 했는데도 은조의 검이 방갓을 잘라 버렸다. 만약 급습할 것이라고 예상하여 대처하지 못했다면 지금쯤 그는 피투성이가 되어 쓰러져 있었을 것이다.

그녀는 강했다. 일대일로 제대로 싸웠더라면 그는 당해내지 못했을 것이다.

그러나 지금은 기회가 좋다. 은조는 급습을 하다가 검을 날려 버리고 손아귀에서 피를 흘리면서 뒤로 날아갔다가 다섯 걸음이나 물러나 그를 쏘아보고 있다.

그리고 그녀의 얼굴에 떠올라 있는 것은 놀라움과 두려움이다. 그는 그런 표정을 많이 봐왔다.

강자인 그녀가 두려워하고 있다는 것은 뭔가 단단히 오해를 하고 있는 것이다.

아마도 방금 일 초식의 짧은 교환으로 매우 놀라고 있는 것이 분명했다.

이런 기회를 놓쳐서는 안 된다. 지금과 그리고 앞으로를 위해서라도 말이다.

슷—

은조는 장승처럼 서 있던 쾌도비가 갑자기 오른손을 들어올리더니 검푸른 도를 재빨리 휘두르는 것을 보고 자신을 공격하는 것이라 여겨 움찔하면서 반사적으로 피해야 한다고 생각했지만 어디로 어떻게 피해야 할지 갈피를 잡을 수가 없었다.

그러나 그때는 이미 뭔가 섬뜩한 기운이 그녀의 양옆으로 스쳐 지나가는 것을 느꼈다.

그그극…….

엉거주춤 서 있는 그녀의 좌우 그리고 뒤쪽에서 묵직한 음향이 흘러나왔다.

무의식적으로 돌아보니 그녀를 중심으로 좌우와 뒤쪽의 아름드리 소나무 십여 그루가 켜켜이 잘려서 쏟아져 내리고 있는 것이 아닌가.

와르르—

“앗!”

그녀는 커다란 나무들이 사방에서 한꺼번에 쏟아지자 깜짝 놀라서 본능적으로 몸을 날렸다.

콰아아—

그러나 너무 많은, 그리고 커다란 나무들이 쏟아져 내려서 빠져나갈 구멍이 없다.

탓—

그 순간 쾌도비가 미끄러지듯이 다가와 왼팔로 그녀의 허리를 안고 몸을 날리면서 수중의 비도쾌를 휘둘렀다.

쿠쿠쿠쿵!

두 사람을 향해 쏟아지던 여러 개의 나무가 켜켜이 잘려서 사방으로 흩어지고, 쾌도비는 은조를 안은 채 안전한 곳으로 사뿐히 내려섰다.

우뚝 선 쾌도비는 나무들이 떨어져서 먼지가 부옇게 피어오르고 있는 곳을 쳐다보았다.

은조는 놀라고 정신이 없는 얼굴로 쾌도비를 바라보았다. 그는 키가 매우 커서 그녀가 올려다봐야만 했다. 그는 그녀가 공격할 것을 개의치 않고 먼지가 이는 쪽을 쳐다보다가 이윽고 그녀를 굽어보았다.

"괜찮은가?"

그가 방금 은조를 공격하지 않고 주변의 나무만 쓰러뜨린 것은, 또다시 함부로 서툰 짓을 했다가는 다음에는 소나무가 아니라 네 몸뚱이를 이렇게 잘라주겠다는 일종의 무시무시한 경고다.

쾌도비로서는 은조의 약세를 봤기 때문에 그 상황에서 그녀를 충분히 죽일 수도 있었지만 그래야만 할 이유가 없다.

쾌도비가 그녀를 굽어보면서 시선이 마주치자 은조는 이상하게도 부끄러움이 확 밀려들었다.

하지만 남녀 간의 그런 것이 아니라 여러 가지 매우 복잡한 의미의 부끄러움이다.

수치스럽다는 생각은 들지 않았다. 단지 자신이 소인배 같고 그가 성인군자 같다는 생각에 자신이 한없이 작아지는 것만 같았다.

　그의 시선을 피해 고개를 숙이던 그녀는 자신의 몸 앞면이 그의 건장한 몸 앞면에 밀착되어 있다는 사실을 그제야 깨달았다.

　그녀의 풍만한 가슴이 그의 배와 가슴의 경계 부위에 짓눌려 있는 것이 보였다.

　밀착한 상태에서 그녀의 몸은 매우 가냘프고 반면에 쾌도비의 몸은 크고 단단한 것이 잘 비교되었다.

　그녀가 이렇게 누군가의 품에 안겨본 것은 태어나서 처음 있는 일이다.

　더구나 같은 나이 또래의 사내에게 안겨 있다니 상상도 해본 적이 없었다.

　탁!

　"놔라!"

　그녀는 신경질적인 표정을 짓더니 손바닥으로 쾌도비의 가슴을 밀며 그의 품에서 빠져나왔다.

　그러면서 그녀는 자신의 오른팔이 멀쩡하고 단지 검을 쥐고 있던 손아귀가 약간 찢어져서 피가 나고 있다는 사실을 확인했다.

　은조는 쾌도비에게서 세 걸음쯤 떨어진 전면에 서서 복잡한 표정으로 그를 바라보았다.

　처음 적월루에 올 때하고는 달리 지금의 상황은 묘하게 돼버렸다.

처음에는 적이었으나 지금은 적도 친구도 아닌 이상한 관계로 변했다. 그렇지만 그에게 적대감을 품고 있지 않은 것만은 분명했다.

쾌도비는 비도쾌를 품속에 갈무리하고 이 장 거리에 있는 지상에서 삼 장 높이에 그녀의 검이 깊숙이 꽂혀 있는 곳으로 오른손을 뻗어 손바닥을 활짝 폈다.

예전에 그는 우연한 기회에 멀리 떨어져 있는 물체를 오른손으로 끌어당긴 일이 있고 나서는 틈나는 대로 그 수법, 즉 접인신공을 연습했었다.

하지만 지금처럼 멀리 떨어진, 더구나 나무에 깊숙이 꽂혀 있는 검을 끌어당긴 적은 없었다.

은조는 그의 행동을 보고는 그가 무엇을 하려는 것인지 짐작하고 조금 긴장했다.

그녀는 삼화취정의 심후한 공력을 지니고 있으나 접인신공은 전개하지 못한다.

팍!

소나무에 절반쯤 깊이 박혔던 검이 쑥 뽑혀서 쾌도비의 오른손을 향해 쏘아갔다.

그런데 그가 손으로 은조를 가리키자 쏘아오던 검이 방향을 바꿔서 그녀를 향해 날아왔다.

척!

은조는 가볍게 검을 잡고 나서 쾌도비를 바라보았다. 돌이켜 보니까 그녀는 처음부터 그에게 시비조에 틈만 나면 공격을 하려 들었지만, 그는 시종일관 싸우려 들지 않았고 우호적으로 대했다.

그리고 마지막으로 그녀의 검을 접인신공으로 뽑아서 돌려줌으로써 그녀에게 두 가지 깊은 인상을 심어주었다.

하나는 그가 접인신공마저도 가볍게 전개할 수 있을 정도의 굉장한 고수라는 사실을 입증한 것이며, 또 하나는 그럼에도 불구하고 절대로 그녀를 해칠 의사가 없다는 사실을 명확히 한 것이다.

은조는 방갓을 벗은 그의 얼굴 그리고 전체 모습을 새삼스레 살펴보았다.

키가 매우 크고 어깨가 떡 벌어졌으나 후리후리하고 늘씬하며 강퍅한 듯 용맹하면서도 어딘지 슬픔과 우울함이 짙게 배어 있는 준수한 용모의 사내다.

그녀는 자신이 연애를 한다는 생각을 한 번도 해본 적이 없었으나, 만약 실제로 연애를 한다면 이런 사내를 선택하지 않을까, 라는 생각이 얼핏 들었다가 흠칫 놀랐다.

第六十章

견분장방획토(見奔獐放獲兎)

―달아나는 노루를 보다가 잡은 토끼를 놓친다

팔신궁은 소궁주 담무군이 사흘씩이나 돌아오지 않는 것
에 대해서 이상하게 여기지 않았다.

호색한인 그는 예전에 한번 주색잡기에 빠지면 열흘이나
보름씩 코빼기조차 보이지 않았던 일이 허다했었다.

다만 현무붕신 다섯 명이 감쪽같이 실종된 사건에 대해서
는 철저히 파고들었다.

그 다섯 명은 사흘 전에 첫 외출을 한 여의천비를 은밀하게
미행하라는 임무를 받았었기 때문이다.

그렇다고 여의천비에게 대놓고 그들의 행방을 물을 수는

없는 노릇이다.

그것은 팔신궁이 그녀를 미행했었다는 사실을 시인하는 것이나 다름이 없기 때문이다.

어쨌든 팔신궁으로서는 현무봉신 다섯 명의 실종과 여의천비가 관계가 있을 것이라고 믿었다.

그리고 어쩌면 그녀가 그들을 죽였을지도 모른다고 조심스럽게 추측했다.

설혹 그렇다고 해도 그녀를 몰아세울 수는 없다. 팔신궁에 온 귀빈에게 미행을 붙인 잘못은 전적으로 팔신궁에 있기 때문이다.

팔신궁에 온 지 닷새 만에 밤 외출을 나갔다가 자정이 다 돼서 돌아온 여의천비는 그때부터 두문불출 자신의 거처에서 한 발짝도 나오지 않았다.

푸드득…….

깊은 밤. 팔신궁 여의천비의 거처에서 한 마리 전서구가 밤하늘로 힘차게 날아올랐다.

은조는 자신이 직접 날려 보낸 전서구가 시야에서 사라질 때까지 밤하늘을 바라보다가 창을 닫았다.

전서구의 발목에는 그녀가 모친 여의루주에게 보내는 서찰이 담긴 대롱이 묶여 있다.

그녀는 쾌도비를 만나고 와서 지난 사흘 동안 심사숙고를 거듭한 후에 서찰에 사실대로 썼다.

그러나 구체적이진 않고 사실적인 것을 객관적으로 적었다. 그런 사실들을 알게 된 과정은 생략하고 결론만 쓴 것이다. 그러나 그런 사실들을 누구에게 어떤 방법으로 알아냈는지도 썼다.

사흘 전 송림에서 쾌도비는 팔신궁이 자봉공주를 죽이려고 하는 이유에 대해서, 즉 강호육비의 한 명인 담자능을 통해서 황궁과 거래를 한 내용을 설명해 주었었다.

말하자면 팔신궁이 자봉공주를 죽여주는 대신 황궁이 팔신궁에 일 년 동안 염전권을 일임한다는 내용이다.

은조는 쾌도비가 한 말을 그대로 믿었다. 그가 거짓말을 할 이유가 없다고 생각했으며, 그때의 상황이 그의 말을 믿도록 만들었다.

후룩…….

그녀는 뜨거운 차를 한 모금 마시면서 이름도 모르는, 그러나 어느새 마음속까지 깊숙이 들어온 낯설지만 친숙한 사내에 대해서 생각해 보았다.

꾸악!

은조가 날려 보낸 전서구는 팔신궁을 수백 장쯤 벗어나다가 비명을 질렀다.

매 한 마리가 느닷없이 나타나 날카로운 발톱으로 전서구를 힘껏 움켜잡았기 때문이다.

매는 전서구를 움켜쥔 채 비스듬히 하강하여 팔신궁의 어느 전각 삼 층의 활짝 열린 창으로 날아들었다.

누군가의 손이 조금 전에 은조가 쓴 서찰을 펼치자 채 글씨가 마르지 않았고 묵향이 훅 끼쳐왔다.

서찰을 쥐고 있는 손의 주인은 사십대 후반의 나이에 체구가 크고 준수한 용모다.

며칠째 면도를 하지 않았는지 입 주변과 턱이 까칠했으며 피곤한 기색이 엿보였다. 팔신궁 네 명의 부궁주 중에 백호궁주 예건후 바로 그였다.

서찰을 읽는 그의 얼굴이 점점 굳어지더니 다 읽고 나서는 돌덩이처럼 차갑게 변했다.

슥—

그는 서찰을 잘 접어 품속에 넣고 나서 창으로 걸어가 밖을 내다보았다.

그의 시선이 끝나는 곳에는 사방이 담으로 둘러쳐진 폭 삼십여 장 정도의 내궁(內宮)이 있다. 내궁은 팔신궁을 찾는 귀빈들의 거처다. 그리고 지금 거기에는 여의천비와 일행이 묵고 있다.

예건후는 조금 전에 내궁의 여의천비 숙소 창에서 전서구가 날아오르는 것을 목격하고 즉시 자신이 기르는 매를 날려보냈었다.

탁—

그는 창을 닫고 돌아서 문으로 향했다. 궁주 무황천신을 만나려는 것이다.

＊　　　＊　　　＊

은조를 만나고 온 날부터 쾌도비는 맹탁의 집에서 꼼짝도 하지 않고 맹탁과 소아에게 북두인을 가르치거나 혼자 방 안에 틀어박혀서 삼라만상비를 연마했다.

그가 은조에게 열흘의 기한을 준다고 했더니 그녀는 칠팔일이면 된다고 말했었다.

그래서 쾌도비는 그때까지 마땅하게 할 일이 없기 때문에 집 안에서 소일하고 있는 것이다.

소아와 맹탁에게 북두인을 가르치든지 아니면 혼자서 삼라만상비를 연마하든지 그의 머릿속에서 떠나지 않는 것이 두 가지가 있다.

주소옥에 대한 사무치는 그리움과 무슨 수를 써서라도 예건후를 만나야만 한다는 것이다. 그렇지만 지금으로선 둘 다

요원하기만 하다.

그나마 그에게 있어서 하나의 작은 위안이 있다면 소아가 북두인을 익히는 발전 속도다.

얼마 전까지만 해도 젓가락을 드는 것조차 힘겨워했던 그녀였으나 고질병이 치료되고 임독양맥이 소통된 지금 그녀가 북두인을 익히는 속도는 보통 사람의 수십 배에 달할 만큼 빠르다.

그녀는 비단 진전이 빠를 뿐만 아니라 결과도 대단하다. 같은 날부터 북두인을 배운 맹탁은 애당초 그녀의 상대가 되지 못했다.

둘이 한 번 겨뤄보라고 하면 맹탁은 채 일 초식도 견디지 못하고 소아에게 무릎을 꿇어버렸다.

그래서 쾌도비는 소아에게 북두인 일 초식 십이변을 모두 가르쳐 주었다.

맹탁은 아직도 제일변을 수련하고 있지만 소아는 십이 변을 모두 소화하고 또 수련을 하면서 틈틈이 다른 소년과 소녀들에게 북두인을 가르치고 있다.

벌컥!

"좋지 않은 일이 생겼어."

문이 거칠게 열리고 요령이 급히 들어서면서 심각한 표정으로 말했다.

쾌도비는 전혀 진전이 없는 삼라만상비를 연마하고 있다
가 비도쾌를 품속에 넣으며 그녀를 쳐다보았다.

"무슨 일이냐?"

"여의천비가 전서구를 날렸는데 매가 가로챘어."

"매가?"

쾌도비는 흠칫했다. 은조가 전서구를 날렸다면 여의루 모
친에게 보내는 것이었을 게다.

"그런데 그 매는 팔신궁으로 들어갔어."

쾌도비는 뒤통수를 얻어맞은 듯한 충격을 받았다. 필경 은
조는 전서구로 보내는 서찰에 자세한 내용을 적었을 텐데 그
것이 팔신궁 수중에 들어갔다면 큰일이다.

"너는 그 사실을 어떻게 알았느냐?"

"혹신(黑神)이 알려줬어."

그녀는 대답해 놓고서 설명했다.

"또 다른 신붕이야. 그 녀석에게 내 대신 여의천비를 감시
하라고 시켰었어."

사람이 할 일을 신붕에게 시켰다는 사실에 지금은 놀라고
있을 때가 아니다.

"혹신이 나한테 얘기해 줬는데 여의천비가 날린 전서구를
낚아챈 매가 들어간 곳이 예건후의 집무실이었어."

"예건후……."

쾌도비의 얼굴이 확 굳어졌다.

요령은 입술을 뾰족하게 하며 투덜거렸다.

"흑신 녀석, 그러면 매를 잡아야지. 그 정도 머리도 돌아가지 않다니, 등신 같은 놈."

은조가 여의루에 보낸 서찰에 무슨 내용이 적혀 있는지는 정확하게 알 수 없으나 대충 짐작은 갔다.

모르긴 해도 팔신궁이 알아서는 안 되는 내용이 많이 적혔을 것이다.

또한 그녀가 쾌도비를 만난 과정과 그에 대한 얘기도 적혔을지 모른다.

그래야지만 여의루주가 정확하게 결정을 내릴 수 있을 것이기 때문이다.

'여의천비가 위험해졌다.'

그녀가 그렇게 된 데에는 쾌도비의 책임도 크다. 그가 그녀를 불러내서 그녀가 모르고 있던 몇 가지 사실에 대해서 알려주었기 때문이다.

"령아, 이 사실을 그녀에게 알려줘야겠다."

"알았어. 다녀올게."

요령의 대답은 문 밖에서 들렸다.

쾌도비는 그녀를 따라가지 않았다. 자신이 가봐야 할 수 있는 일이 없기 때문이다.

녹영루주가 실내에 들어섰을 때 은조는 창 옆의 탁자에 앉아서 혼자 술을 마시고 있었다.
"소루주."
"뭐냐?"
은조는 술잔을 기울이면서 녹영루주를 쳐다보았다. 그녀는 원래 술을 좋아하지 않으며 평소에 혼자서 술을 마시는 경우는 한 번도 없었다.
그런데 지난번 외출을 하고 돌아와서는 하루에 한 번씩은 지금처럼 꼭 혼자서 술을 마셨다.
"몇 가지 알아낸 것이 있습니다."
그녀는 마차 강탈 사건과 청파루주 일행이 실종된 것에 대해서 조사하라는 은조의 명령을 받았었다.
"됐다."
"네?"
은조가 관심 없다는 듯 손을 젓자 제 딴에는 매우 중요한 사실을 알아왔다고 들떠 있던 녹영루주는 자신이 뭔가 잘못 들었을 것이라는 생각이 들었다.
"무슨 말씀이신지……."
"그 일은 더 이상 조사하지 않아도 된다. 너는 원래 하던 일로 복귀해라."

녹영루주는 자신의 귀를 의심했다. 소루주가 그런 말을 할
리 없기 때문이다.

은조로서는 마차 강탈 사건과 청파루주 일행의 실종에
대해서는 이미 다 알고 있으므로 조사할 필요가 없는 것이
다.

사흘 전 밤 송림에서 쾌도비는 꽤 중요한 사실들을 자세히
설명해 주었다.

팔신궁이 자봉공주를 죽이는 대가로 황궁으로부터 염전권
을 받기로 했다는 밀약뿐만 아니라, 쾌도비가 마차를 강탈한
전모에 대해서, 즉 청파루주 일행과 은의녀를 모두 죽였다는
사실까지 알게 되었다.

청파루주 등을 죽였다는 말에 은조는 큰 충격을 받았으나
팔신궁에 돌아온 후 시간을 두고 생각을 해보니까 그녀가 쾌
도비 입장이었다고 해도 그럴 수밖에 없었을 것이라는 결론
에 도달했다.

청파루주가 마차를 찾아오는 것과 쾌도비가 마차의 물건
을 돌려주면서 제안을 하는 것은 엄연히 다르다.

만약 전자였으면 은조는 쾌도비의 얘기를 들으려고 하지
도 않았을 것이다.

[여의천비, 내 말 잘 들어.]

은조가 녹영루주에게 말하고 나서 빈 잔에 술을 따르려고 할 때 예의 옥쟁반에 구슬을 굴리는 듯한 또랑또랑한 전음이 전해져 왔다.

길게 들어보지 않아도 지난번에 쾌도비와의 약속을 잡아 준 그녀가 분명했다.

그런데 어쩐 일인지 은조는 그녀의 목소리를 듣자 매우 반가운 생각이 들었다.

[잘 들어. 당신이 보낸 전서구 반 시진쯤 전에 팔신궁 백호 궁주 예건후의 손에 들어갔어. 그자가 매를 띄워서 전서구를 가로챈 거야.]

"……."

[그리고 예건후는 그걸 들고 팔신궁주에게 갔어.]

쨍!

은조는 너무 놀라서 들고 있던 술잔을 떨어뜨렸다.

실내에 있던 여의사령과 녹영루주가 급히 쳐다보니 은조는 안색이 해쓱해져서 우두커니 서 있었다.

"소루주."

가까이에 있던 여의사령 한 명이 놀라서 다가오자 은조는 다가오지 말라고 손을 뻗었다.

은조는 서둘러 겉옷을 걸치고 어깨에 검을 메더니 문으로 향하며 나직하게 가라앉은 목소리로 명령했다.

"지금 당장 이곳을 떠난다."

"나 왔어."

요령이 문을 열며 말했다. 그런데 그녀는 안으로 들어오지 않고 복도의 누군가에게 말했다.

"들어가."

삼라만상비를 연마하고 있던 쾌도비는 연마를 중단하고 문을 쳐다보았다.

그리고는 요령에게 등을 떠밀리다시피 안으로 들어서고 있는 은조를 발견하고 움찔 놀랐다.

그는 느닷없는 은조의 출현에 적잖이 놀랐고 그다음에는 그녀로 인해서 맹탁 등에게 화가 미칠지도 모른다는 우려가 뒤따랐다.

"팔신궁에서 몰래 나왔고 오면서 몇 번이나 확인했으니 미행은 없을 거예요."

은조는 쾌도비의 염려를 감지했는지 들어오다가 말고 멈추고는 꼿꼿하게 선 채 쾌도비를 바라보았다. 그녀는 그가 자신의 방문을 반기지 않는다는 느낌을 받고 씁쓸한 기분이 들었다.

"들어오시오."

쾌도비는 은조를 탁자로 안내했다. 두 사람은 사흘 전 밤에 헤어지기 전까지도 서로에게 하대를 했었는데 사흘이 지난 지금은 말을 높이고 있다.

하지만 그 이유에 대해서는 그들 자신도 자세히 설명하기 어려운 뭔가가 있었다.

"술상 봐올까?"

탁자에 마주 보고 앉은 채 침묵을 지키고 있는 쾌도비와 은조를 번갈아 쳐다보면서 요령이 묻자 두 사람은 동시에 고개를 끄떡였다.

*　　　*　　　*

예건후는 측근들을 이끌고 여의천비의 거처인 내궁으로 들어섰다.

그는 여의천비가 여의루에 보내려고 했던 서찰을 궁주에게 보였고 궁주는 즉시 그녀를 데려오라고 지시했다.

이곳에는 내궁의 출입구를 지키는 팔신궁 고수 두 명 외에는 여의천비 일행의 시중을 드는 하녀 십여 명만이 거주하고 있다.

여의천비가 팔신궁에 온 후 내궁으로 팔신궁 사람이 직접 찾아오는 것은 예건후가 처음이다.

하녀들의 안내를 받으면서 여의천비의 방 앞에 이른 예건후는 옷매무새를 정갈히 하고 정중한 목소리로 입을 열었다.

"소루주, 백호궁주 예건후가 뵈러 왔소."

그러나 안에서는 아무런 반응이 없다. 예건후가 한 번 더 말했으나 결과는 같아서 뭔가 이상한 낌새를 차린 그는 직접 문을 열었다.

척!

실내는 텅 비어 있었다. 예건후의 측근들이 실내로 쏟아져 들어가 샅샅이 뒤진 후에 보고했다.

"아무도 없습니다."

*　　　*　　　*

북경은 팔신궁의 앞마당이나 다름이 없다.

그러므로 일반 백성 속으로 파고들어 그들처럼 생활하지 않는다면 반드시 팔신궁의 촉수에 걸려들게 되어 있다.

더구나 여의천비처럼 얼굴이 팔신궁에 잘 알려져 있고 또 특출한 절세미녀는 각별한 주의가 요구된다.

그녀와 일행이 맹탁의 집에서 머무는 것은 하룻밤만으로 족하다.

백성들처럼 변장도 하지 않고 설혹 변장을 했더라도 주루에 딸린 집에 낯선 사람이 우글거린다면 반드시 팔신궁의 촉각에 걸려들 수밖에 없다.

그래서 그녀들은 북경에서 서쪽으로 이십여 리 가까운 거리에 있는 완평현(宛平縣)이라는 곳 영정하(永定河) 강가에 위치한 장원으로 이동했다.

그곳은 녹영루주가 일 때문에 빌려둔 곳이며 당분간 머물기에는 적당한 장소였다.

은조가 일행을 이끌고 영정하 강가의 장원으로 가는 날 쾌도비도 따라갔다.

서로 필요에 의해서 연락을 취해야 하고 그러기 위해서는 서로 머무는 장소를 알고 있어야 한다는 그녀의 말을 이해했기 때문이다.

쾌도비와 은조는 겨울이 물러가고 있는 강가를 거닐었다.

"서찰에 내 얘기도 적었소?"

발밑에서 작은 자갈들끼리 부딪치는 소리를 들으면서 쾌도비는 궁금하게 여기던 것을 물었다.

"적었어요."

"어디까지 적었소?"

"거의 다."

은조는 힘없이 말하고는 걸음을 멈추고 용서를 바라는 듯한 눈빛으로 그를 바라보았다. 자신의 실수 때문에 쾌도비가 사면초가에 몰렸기 때문이다.

하지만 쾌도비는 그녀의 잘못이 아니라고 생각했다. 그가 남달리 이해심이 많아서가 아니라 일의 전말을 살피는 냉철한 이성을 지녔기 때문이다.

자신이 날린 전서구가 팔신궁의 매에 붙잡힐 것이라고 그녀가 무슨 수로 예상했겠는가.

"내 말 잘 들으시오."

잠시 골똘하게 생각하던 쾌도비가 진지한 표정으로 그녀를 굽어보자 그녀의 얼굴이 긴장으로 물들었다

"여의루는 팔신궁에서 보낸 마차의 물건을 받지 못했소. 그렇지 않소?"

"그래요."

"그러니까 팔신궁에서 제시한 거래에 대해서 대답 따윈 하지 않아도 되는 거요."

"무슨 뜻이죠?"

"아무것도 받은 것이 없는데 대관절 무슨 거래를 하자는 것이오?"

"그 말은……."

"원칙대로 하자면 팔신궁이 돈을 갖고 여의루로 직접 찾아

가서 여의루주에게 바치면서 팔신궁주의 뜻을 전해야 마땅하지 않소?"

"그렇지요."

은조는 그가 하는 말뜻을 조금쯤은 이해할 수 있을 것 같은 표정을 지었다.

"그런데 팔신궁은 어떻게 했소?"

"본 루의 최하위 고수 네 명에게 마차를 호송해서 가라고 내버려 두었지요."

"그러므로 마차가 강탈당할 것은 이미 예견된 것이었소. 내가 아니었더라도 누가 마차를 털었을지 모르는 거요. 팔신궁은 책임을 다하지 않은 것이오."

"그렇군요."

일정 부분은 쾌도비의 말이 맞기는 하지만 다분히 억지스럽기 짝이 없는 논리다.

그의 말인즉 여의루가 팔신궁에 딱 잡아떼고 억지를 부리라는 얘기다. 물건을 받지 못했으니까 거래는 애당초 없는 것이라고 말이다.

그렇게 하더라도 여의루의 도움을 절실히 원하고 있는 팔신궁으로서는 제대로 항변도 못하고 벙어리 냉가슴 앓을 수밖에 없을 것이다.

그러므로 물건을 다시 보내거나 다른 방법으로 여의루에

구애를 할 것이 분명하다.

더구나 여의루 소루주가 본루로 보내는 전서구를 팔신궁이 가로챘다는 사실은 또 다른 분쟁의 소지가 있다. 그것은 팔신궁이 여의루에 백배사죄할 일이다.

은조는 그런 사실을 적은 서찰을 이미 보냈으므로 모친이 받아본다면 필경 진노할 것이다.

"무슨 말인지 잘 알았어요. 그런 간단하면서도 무지막지한 방법이 있었군요."

은조는 가볍게 고개를 끄떡이고 나서 여유 있는 미소까지 지어 보였지만 곧 염려 어린 표정을 지었다.

"당신은 괜찮겠어요?"

그런 식으로 하면 쾌도비가 모든 것을 뒤집어쓰게 되는 것을 염려한 것이다.

쾌도비는 싱긋 미소 지었다.

"지금 날 걱정해 주는 것이오?"

"아니… 나는……."

은조는 뜨거운 물을 뒤집어쓴 것처럼 얼굴이 확 달아오르며 더듬거렸다.

이런 느낌은 생전 처음이다. 행복한 것 같기도 하고, 생소해서 불안하기도 하며, 온몸의 털이 곤두서고 식은땀이 나는 듯한 괴이쩍은 기분이다.

하지만 나쁘지는 않았다. 아니, 오히려 가슴이 쌔애… 하게 설레면서 기분이 좋았다.

쾌도비는 엷은 미소를 지었다.

"나는 개의치 마시오."

"하지만 당신이 위험해질 텐데……."

"위험은 내 또 다른 별명이기도 하오."

그만큼 인생을 위험 속에서 살아왔다는 뜻이다. 그런데 별명 얘기가 나오자 은조는 줄곧 궁금하게 여겼던 것을 비로소 조심스레 물어보았다.

"그런데 당신은 누군가요?"

쾌도비는 물끄러미 그녀를 응시하다가 몸을 돌려 걸어가면서 대답했다.

"쾌도비요."

이제는 그녀도 알 때가 됐다.

＊　　　＊　　　＊

팔신궁은 말 그대로 내우외환(內憂外患)에 빠졌다.

어렵게 초청해 놓은 여의루 소루주가 야반도주를 했다. 그 이유를 추론한 결과 백호궁주 예건후가 여의천비의 전서구를 가로챈 사실이 그녀에게 발각됐기 때문일 것이라는 데 의견이 모아졌다.

예건후는 그럴 리가 없다고 반발했으나 그것 말고는 가만히 잘 있던 여의천비가 느닷없이 팔신궁을 떠날 마땅한 이유가 없다.

여의천비의 서찰을 가로챔으로써 팔신궁은 많은 정보를 얻어냈으나 반면에 큰 것을 잃었다.

협조를 요청한 북황도에서는 아무런 기별조차 없고, 여의루는 시작은 괜찮았으나 잘 굴러가는 듯하던 마차의 바퀴가 빠져 버렸다.

그뿐이 아니다. 비록 호색한에 팔신궁주에게는 별 도움이 못되는 아들이지만 소궁주가 팔신궁을 나간 지 엿새가 되도록 행방이 묘연한 상황이다.

고수들을 풀어서 대대적으로 수색을 했으나 담무군은 어디에서도 발견되지 않았다.

예전 같으면 그가 잘 가는 화도삼루의 어느 기루에서 기녀의 품속에 빠져 있었을 테지만 그는 화도삼루에 오지도 않았다고 한다.

나중에 입수된 약간의 단서가 있다면, 담무군이 화도삼루로 향하는 도중에 팔신궁의 다섯 고수, 즉 현무봉신을 만나그들과 함께 어디론가 가는 광경을 목격한 사람이 있다는 사실이다.

그것은 담무군과 다섯 명의 현무봉신이 다 함께 실종됐다는 사실을 뜻한다.

결국 팔신궁에서는 잠정적으로 담무군과 다섯 명의 현무봉신이 죽었을 것이라는 결론을 내렸다. 살아 있다면 나타나지 않을 이유가 없기 때문이다.

담무군의 비명횡사는 궁주 가족과 팔신궁 전 고수를 슬픔과 분노 속에 빠뜨렸다.

황궁으로부터 천절문을 공격하여 자봉공주를 죽이라는 요구는 빗발치듯하는데, 팔신궁은 만 리 길에 첫 걸음조차 내딛지 못하고 있는 상황이다.

팔신궁이 유일하게 갖고 있는 단서는 여의천비가 여의루에 보내려고 했던 전서구의 서찰이다.

팔신궁은 며칠 동안 갑론을박한 끝에 이 모든 일의 한가운데에는 여의천비가 만났던 정체불명의 사내가 있다는 결론을 내렸다.

그 사내가 마차를 강탈한 장본인이며, 여의천비에게 접근하여 몇 가지 중요한 사실을 알려주었다.

뿐만 아니라 담무군과 다섯 명의 현무봉신을 죽였을 것이며, 현재 여의천비와 함께 있으면서 모종의 음모를 꾸미고 있을 것이라는 추론이다.

그래서 팔신궁은 그 사내가 누구인지 알아내는 것과 그 사내와 여의천비를 찾아내는 일에 총력을 기울였다.

그렇지만 팔신궁은 처음부터 벽에 부닥쳤다. 그 사내에 대해서 아무것도 모르고 있다는 사실 때문이다.

第六十一章

봉린지란(鳳麟芝蘭)
—봉린처럼 훌륭한 사내와 지란처럼 아름다운 여자

쾌도비는 안전을 위해서 거처를 여의천비가 있는 완평현 영정하 강가의 장원으로 옮기기로 마음먹었다.

자신과 요령의 안전 때문이기도 하지만 무엇보다도 소아와 맹탁 등 소년소녀들에게 피해를 입히게 될까 봐 염려가 됐기 때문이다.

여의천비하고 긴밀한 관계를 유지하고 있어야 하는데, 그녀의 수하나 요령이 연락을 한답시고 분주하게 왕래하는 행동은 위험에 노출될 가능성이 다분하다.

그래서 쾌도비는 여의사령 중에 한 명이 여의천비가 긴히

할 말이 있으니 잠시 와달라는 말을 전하려고 맹탁의 거처로 왔을 때 이 기회에 아예 그녀의 장원으로 거처를 옮겨야겠다고 결정을 내렸다.

"어머니께서 이쪽으로 오고 계세요."

은조의 첫마디는 충격이었다. 여의루주가 몸소 북경으로 오고 있다는 것이다.

은조는 그 일을 상의하려고 쾌도비를 자신이 머물고 있는 장원으로 오라고 했다.

"자당께선 결정을 내리셨소?"

"그것까지는 모르겠어요."

은조는 더 충격적인 말을 꺼냈다.

"어머니께선 자금성의 부름을 받았어요."

"자금성? 누가 부른 것이오?"

"태자예요."

"음!"

쾌도비는 무거운 신음을 토했다. 태자가 여의루주를 직접 자금성으로 불렀다는 것은 아무리 좋게 생각하려고 해도 불길한 일이다.

제일 먼저 떠오르는 생각은 태자가 여의루주에게 뭔가 거래를 제시할지도 모른다는 것이다.

태자는 지난번 자봉공주의 암살을 담자능을 통해서 팔신궁과 거래했으나 그 일이 지지부진하니까 이제는 사신의 또 다른 세력인 여의루의 루주를 불러서 이번에는 직접 거래를 하려는 것 같았다.

그 거래가 정확하게 무엇인지는 모르지만 어떤 것일지 대충 짐작할 수는 있다.

아마도 자봉공주를 죽이는 것과 천절문을 공격하는 일 때문일 것이다.

"자금성이 무엇 때문에 자당을 불렀는지 아시오?"

"그것은 어머니께서도 모르고 계세요."

"자당께선 어디에 계시오?"

"오늘 밤에 이곳 장원에 도착하실 거예요. 그리고 내일 아침에 자금성에 입성하신다는군요."

"오늘 밤?"

굉장히 촉박했다. 그런 이유였다면 은조가 서둘러서 쾌도비를 부를만했다.

지금이 늦은 오후니까 오래지 않아서 여의루주가 이곳에 도착할 것이다.

"태자가 무엇 때문에 자당을 불렀을지 짐작할 수 있겠소?"

"대충 알겠어요."

"자당은 뭐라고 대답하실 것 같소?"

은조는 애매한 표정을 지었다.

"모르겠어요."

실내에는 두 사람만 탁자를 마주하고 앉아 있다. 그녀의 그림자인 여의사령이 그녀 곁에 없다는 것은 그녀가 쾌도비를 외인으로 여기지 않는다는 뜻이다.

"그렇지만……."

은조는 열린 창을 통해서 뜰을 내다보며 말을 흐렸다.

쾌도비는 그녀를 쳐다보다가 문득 다른 생각이 들었다. 자신의 앞에 고즈넉이 앉아 있는 은조에 대한 소문을 그도 예전에 가끔 들었다는 사실이 떠올랐다.

몇 년 전부터 사람들은 천하절색의 미녀를 얘기할 때마다 약속이나 한 듯 당연하게 북여의(北如意) 남자봉(南紫鳳)이라는 말을 들먹였었다. 그래서 여의자봉이라는 말은 미인의 대명사처럼 여겨졌었다.

물론 북여의는 여의천비 은조를 가리키고 남자봉은 자봉 공주 주소옥을 말함이다.

쾌도비는 은조를 처음 만나 지금에 이르는 동안 그녀가 북여의인 여의천비라는 사실을 자각하지 못했었다.

물론 그녀가 여의천비라는 사실은 알고 있었으나 그것은 강호인으로서의 여의천비였을 뿐이지 미인의 대명사인 북여의 여의천비로는 인식하지 못했었다는 뜻이다. 그럴 만한 계기가 없었다.

그는 생각에 잠긴 모습으로 창밖을 응시하는 은조의 옆모습이 한 폭의 미인화를 보는 것처럼 신선한 아름다움으로 빛나는 것을 처음으로 발견했다.

그는 지금까지 주소옥보다 아름다운 여자를 본 적이 없었으며 설혹 그런 여자가 존재한다고 해도 인정하려고 들지 않았을 것이다.

그러나 은조를 응시하고 있는 지금의 솔직한 그의 심정은 그녀의 미모를 감히 주소옥에게 견주어도 손색이 없을 것 같다는 생각이다.

주소옥은 자봉이라는 그녀의 별호가 대변하듯이 한 마리 봉황 같은 미모의 소유자다.

그녀는 찬란하고 매혹적이며 도발적인 아름다움을 지녔으며 성격마저도 거침없고 호기심이 많으며 감동과 분노의 기복이 심했다.

반면에 은조의 아름다움은 한 송이 백합이나 고고한 백학을 연상하게 한다.

그녀를 보고 있으면 거울처럼 고요한 호수와 수만 년 동안 녹지 않은 북국(北國)의 빙하(氷河), 차가운 달빛, 함부로 범접하기 어려운 존귀함, 그리고 감히 마주 쳐다볼 수 없을 듯한 위엄을 발견할 수 있다.

주소옥과 은조는 극과 극의 상반하는 아름다움을 지녔다. 그렇지만 두 소녀에게도 공통점이 있다. 눈부신 절색의 미모와 빛나는 총명함이 그것이다.

"어머니께서는 평소에……."

그녀는 창밖에서 시선을 거두고 쾌도비를 보면서 말하려다가 또다시 말을 흐렸다.

쾌도비가 마치 정신이 나간 듯 물끄러미 그녀를 주시하고 있는 것을 발견했기 때문이다.

은조는 그를 정면으로 바라보았으나 그는 그것을 미처 깨닫지 못한 듯하다.

즉, 한 송이 극도로 아름다운 꽃을 보면서 잠시 넋을 놓고 있는 중이라 꽃이 자기를 보고 있다는 사실을 깨닫지 못하는 것이다.

은조는 지금 쾌도비가 짓고 있는 표정과 눈빛이 무엇인지 잘 알고 있다.

그것은 천하의 숱한 사내가 그녀를 보면서 지었던 표정과 별반 다르지 않았다.

그녀가 놀란 이유는 그토록 당당하고 높게만 보였던 쾌도비도 천하의 사내와 다를 바가 없다는 사실이고, 그러면서도 기쁜 이유는 그가 자신의 아름다움을 비로소 발견해 줬다는 사실 때문이다.

그녀는 살며시 눈을 내리깔면서 얼굴이 붉어졌다. 그녀가 자신을 주시하는 사내의 눈길에 불쾌함이 아닌 수줍음을 느낀다는 것은 어느 누구도, 그리고 그녀 자신조차도 예상하지 못했던 일이다.

누군가 이런 눈빛으로 자신을 쳐다봤다면 예전 같았으면 벌써 장풍이 뿜어져 그자를 짓뭉개 버렸을 것이다. 하지만 지금은 오히려 반대로 그가 자신을 좀 더 오래 바라봐 주기를 원했다.

그때 그녀는 내심 소스라치게 놀랐다. 자신도 모르고 있었던 묘한 내심을 발견했기 때문이다.

'아… 내가…….'

사랑이나 연모까지는 아니더라도, 자신이 쾌도비에게 깊은 호감을 갖고 있다는 사실을 깨달았다.

조금 전까지만 해도 깨닫지 못했던 사실이다. 그를 보고 있노라면 가슴이 두근거리고 부끄러워져서, 그 상황 때문에 당황하느라 허둥거리느라 대체 무엇 때문에 그러는지는 생각해 본 적이 없었다.

어느 순간 쾌도비는 은조가 고개를 숙이고 있다는 사실을 발견하고 자신의 추태를 간파했다.

대화 중에 그녀를 뚫어지게 주시하면서 잠시 딴생각을 하고 있었으니 그것을 그녀가 모를 리 없다.

“미안하오. 뭐라고 말했소?”

고개를 숙이고 있던 은조는 쾌도비의 말에 붉어진 얼굴을 들었으나 자신이 무슨 말을 하고 있었는지 기억하는 데 약간의 시간이 걸렸다.

“어머니께선 평소에 강호와 관은 한데 어울릴 수 없으며, 그럴 경우에는 끝내 파탄이 오고 말 것이라는 말씀을 자주 하셨어요.”

그녀의 말은 쾌도비에게 적잖은 위로가 돼주었다. 여의루주가 평소에 그런 신념을 지니고 있었다면 태자가 무슨 거래를 제시하든 거절할 가능성이 높다.

그렇다고 해도 쾌도비는 자신이 여의루주를 만나면 뭔가 할 일이 있을 것이라고 생각했다.

여의루주가 팔신궁과 분명하게 손을 끊고 또한 태자의 어떠한 유혹마저도 뿌리칠 수 있을 만한 무엇인가를 그가 제시해야만 한다.

하지만 그는 곧 씁쓸한 표정을 지었다. 자신이 여의루주에게 할 수 있는 일이 단지 말로써 그녀의 자비에 호소하는 것뿐이라는 사실을 깨달았기 때문이다.

총명한 은조는 쾌도비가 무엇 때문에 씁쓸한 표정을 짓는지 짐작하고 부드러운 미소를 지었다.

“어머니를 설득할 수 있도록 소녀도 돕겠어요.”

“그래주겠소?”

그녀의 진심 어린 말에 고마움을 느낀 나머지 쾌도비는 그녀가 자신을 ‘소녀’ 라고 지칭한 사실을 간과했다.

“어머니께 보고하지 않은 일이 있어요.”

은조는 조심스럽게 말했다.

“당신이 청파루주 등을 죽인 일에 대해서는 비밀로 해주세요. 어머니는 모르고 계세요.”

“소루주……”

쾌도비가 여의루에 잘못한 것이 있다면 두 가지다. 팔신궁에서 보낸 마차를 강탈한 것과 그것을 찾으러 온 청파루주 등을 죽인 일이다.

은조는 그 두 가지를 다 이해했을지 모르지만 여의루주는 아닐 것이다.

그래서 쾌도비는 그 점을 몹시 염려하고 있었는데 은조의 배려로 여의루주는 그 사실을 모르고 있다는 것이다.

덥석!

“고맙소.”

마음이 움직이면 몸은 저절로 따라간다고 했다. 너무 고마운 나머지 쾌도비는 저도 모르게 은조의 손을 힘주어 잡으며 진심으로 말했다.

그가 고마워하는 것은 그 사실을 은조가 감춰주었기 때문

이 아니라, 그런 마음을 써준 그녀의 진심이 전해졌기 때문이
었다.

석양이 뉘엿뉘엿 질 무렵에 여의루주로부터 전갈이 왔다.
오는 길이 늦어지는 바람에 내일 아침 곧장 자금성으로 갔다
가 볼일이 끝나면 은조에게 온다는 것이다.
여의루주가 이곳에서 하룻밤을 묵으면 쾌도비와 은조가
합심하여 그녀가 태자의 요구를 거절하도록 힘을 쏟으려고
했는데 허사가 돼버렸다.
이제는 여의루주가 평소에 고수하던 신념, 즉 강호와 관은
절대로 함께 어울릴 수 없다는 것에 운명을 맡길 수밖에 없게
되었다.

평소에 은조는 혼자서 식사를 하는 습관이 있는데 오늘 저
녁 식사는 쾌도비와 단둘이 하게 되었다.
한 번도 그런 적이 없었는데, 그녀는 저녁 식사 준비가 한
창인 주방에 직접 나와서 하녀들에게 지시했었다.
"저녁 식사는 쾌 소협하고 먹겠다."
그런 별것 아닌 일은 측근에 있는 여의사령이나 몸종에게
시켜도 될 일이다. 게다가 그녀는 쾌도비가 아직 돌아가지 않
고 있는데 그와 따로 식사를 한다는 것이 이상하게 보일까 봐

그러는 것이라고 누가 묻지도 않았는데 변명 아닌 변명을 늘어놓았다.

가장 놀란 사람은 은조 자신이었다. 그녀는 자신에게 그런 되바라진 면과 쾌도비를 챙기는 세심한 구석이 감춰져 있었다는 사실에 적잖이 놀랐다.

그리고 식사를 하면서도 차려진 요리들이 매우 부실하다는 생각이 들었으며, 과연 쾌도비의 입맛에 맞을지 초조하기까지 했다.

그리고 그러는 자신을 발견하고는 또다시 깜짝 놀라기를 반복했다.

"사실은 내가 이곳에서 묵을 수 있을까 그대에게 부탁하려고 했었소."

"그쪽 사람들이 피해를 입을까 봐 그러는 건가요?"

그쪽 사람들이란 소아와 맹탁 등을 가리키는 것이다.

"그렇소. 또한 앞으로 그대와 긴밀하게 협동해야 할 일도 많을 테고……."

"소녀는 괜찮아요."

은조는 쾌히 승낙했지만 쾌도비 눈에는 그녀가 마지못해서 승낙하는 것처럼 비쳤다.

그녀는 자제력이 남달리 뛰어나기 때문에 감정 표현을 극도로 자제하는 것이 몸에 배었다.

쪼르르…….

은조는 희고 긴 손을 뻗어 쾌도비의 잔에 술을 따랐다. 그녀가 누군가에게, 더구나 남자에게 술을 따르는 것 역시 생전 처음 있는 일이다.

"궁금한 것이 있어요."

쾌도비는 잔을 들면서 말해보라는 듯 고개를 끄떡였다.

"세간에 무정도에 대해서 알려진 소문이 사실인가요?"

쾌도비는 그녀가 무엇에 대해서 묻는 것인지 알았다.

"만리난도 말이오?"

"네."

"다소 과장은 있지만 대부분 사실이오."

"아……."

은조는 가볍게 놀라는 표정을 지었다.

"그럼 둘 다……."

"만리난도 영웅담이나 연애담 말이오?"

"네."

"둘 다 맞소."

천하에 퍼져 있는 무정도와 자봉공주의 전설적인 이야기, 즉 만리난도는 영웅담과 연애담 두 가지다.

호위무사인 무정도와 곤명 남령부의 지체 높은 자봉공주 단 두 사람이 곤명을 떠나서 낙양까지 만 리 길 한 걸음 한 걸음마다 숱한 난관을 극복하면서 악을 물리친다는 내용이 영웅담이다.

그리고 두 사람이 그 과정에 서로 사랑하는 연인 관계로 발전한다는 것이 연애담이다.

현실에서는 무정도가 단지 자봉공주의 호위무사였을 뿐이며, 자봉공주를 낙양 천절문에 무사히 데려다준 것으로 임무가 끝났다.

그러나 만리난도에서의 두 사람은 일 년여 동안에 서로 죽도록 사랑하는 연인 사이가 되었다는 것이다.

그렇지만 자봉공주는 남령부를 살리기 위해서 할 수 없이 천절문으로 들어갔고, 사랑하는 정인을 잃은 무정도는 눈물을 흘리면서 쓸쓸히 돌아섰다는 내용이다.

그리고 쾌도비는 그 내용들이 맞다고 은조에게 자신의 입으로 직접 말했다.

은조의 크고 맑은 눈 깊은 곳에서 흐릿한 쓸쓸함이 스쳐 가는 것을 쾌도비는 발견하지 못했다.

"책에서나 읽었던 그런 숭고한 사랑이 정말로 존재하다니 그저 놀라워요."

쾌도비는 씁쓸한 표정을 지을 뿐 아무 말도 하지 않았다. 그는 다만 지금 이 순간에도 주소옥에 대한 그리움이 복받쳐 오르지 않도록 애쓰고 있다.

"마지막 순간까지도 그녀는 천절문으로 들어가기를 원했었나요?"

그녀의 말에 쾌도비는 저절로 마지막 순간이 머릿속에 오롯이 떠올랐다.

그 당시에 만약 그가 가지 말라고 우리 함께 멀리 도망치자고 손을 뻗었다면 주소옥은 말없이 그를 따랐을 것이지만 그는 그러지 않았었다.

그녀 한 몸에 남령부 수천 명의 목숨이 달려 있었기 때문이다. 그리고 사랑하는 남자를 두고 사랑하지도 않는 남자 곁으로 가야만 하는 그녀의 마음이 쾌도비보다 백배는 더 아플 것임을 짐작했었기 때문이다.

"그랬소."

은조는 깊은 동감의 표정을 지었다.

"소녀가 그녀의 입장이었더라도 그랬을 거예요."

나 하나의 사랑을 희생하면 부모님과 일가친척 등 수천 명의 목숨을 살릴 수 있을 테니까 말이에요, 라는 말을 은조는 속으로 삼켰다.

"그런데도 당신은 지금까지도 그녀를 위해서 헌신하고 있군요. 이루어질 수 없는 사랑인 줄 알면서도 말이에요. 당신의 이런 노력의 결과가 그녀를 다른 남자의 아내로 만들려고 한다는 사실을 잘 알면서도……."

주소옥을 떠난 후 두 달이 넘었으나 그는 이런 식의 대화를
어느 누구하고도 해본 적이 없었다.

뿐만 아니라 주소옥을 위한 일은 그저 하늘이 내린 소명처
럼 맹목적으로 행해야 한다고 믿었을 뿐이지 그 결과에 대해
서는 깊이 생각해 본 적이 없었다.

그러나 지금 비로소 은조에 의해서 그도 처음으로 그것에
대해 생각해 보았다.

과연 지금 그가 하고 있는 노력의 결과물은 주소옥과 영호
승의 원만한 혼인으로 이어질 것이다.

"이런 얘긴 그만합시다."

쾌도비는 씁쓸한 미소를 지으며 손을 저었다.

"당신 같은 사람의 이런 사랑을 받을 수 있다니… 그녀는
천하에서 가장 행복한 여자일 거예요."

"그만."

슥—

쾌도비는 손을 뻗어 은조의 손을 힘주어 잡았다. 그리고 손
을 놓으면서 술잔을 들었다.

"술이나 마십시다."

쾌도비와 은조는 술잔을 주거니 받거니 하면서 다섯 병이
나 마셨다.

그렇지만 술을 못 마시는 은조라고 해도 긴장한 탓에 그다지 취하지는 않았다.

그녀는 이 기회에 자신의 사리사욕을 다 채웠다. 즉, 술을 마시면서 쾌도비에게 이것저것 물어서 그에 대해 궁금했던 점들을 야금야금 알아낸 것이다.

이제는 한 가지만 남았다. 그가 대체 어떤 사문이기에 그토록 무공이 높으냐는 것이다.

벌컥!

"대가! 급한 일이야!"

그때 창이 활짝 열리면서 다급한 외침과 함께 안으로 난데없이 요령이 날아들었다.

"어딜!"

"죽을래?"

은조는 습격이라 판단하고 앉은 채 오른손을 뻗으며 일장을 발출하려 했고, 요령은 허공중에서 몸을 비틀며 손을 뻗어 손톱 사이에 감춰놓은 극독을 뿌리려는 찰나다.

콱!

"둘 다 멈춰!"

쾌도비는 번개같이 양손을 뻗어 두 소녀의 손목을 낚아챘다.

"아… 당신이군요?"

은조는 요령이 누군지 확인하고서야 안도의 표정을 지었다.

"흥! 그럼 누군 줄 알았어? 어? 술이잖아!"

요령은 앵토라진 얼굴로 쾌도비 옆에 앉더니 탁자의 술을 보고는 눈을 희번덕이며 술병째 입에 쑤셔 넣었다.

그녀가 단숨에 술 한 병을 거덜 내고 나서 한숨을 내쉬는 걸 보고 쾌도비가 물었다.

"령아, 급한 일이란 게 뭐냐?"

"앗!"

대단한 애주가인 요령은 술을 보는 순간 자신이 이곳에 온 목적을 깜빡 잊고 있었다가 화들짝 놀라며 쾌도비의 손을 잡아끌었다.

"어서 가! 예건후가 팔신궁에서 나왔어!"

요령의 신붕인 흑신이 하늘에 높이 떠서 팔신궁을 감시하고 있다가 예건후가 팔신궁 밖으로 나오는 것을 보고 요령에게 알려주었다.

요령은 흑신에게 미리 예건후의 모습을 숙지시켜 주었기 때문에 흑신이 그를 알아보는 것은 문제가 없었다. 단, 그가 무엇 때문에 팔신궁 밖으로 나왔는지는 알 수가 없다.

흑신은 쾌도비와 요령에게 알려주기 위해 예건후가 있는

장소 밤하늘에서 큰 원을 그리며 빙빙 돌았다.

그곳은 쾌도비가 팔신궁 소궁주 담무군과 현무붕신들을 죽였던 송림에서 백여 장쯤 떨어진 송림의 가장자리였다.

쾌도비는 담무군 등의 시체를 그곳에 묻었는데 지금은 팔신궁 고수들에 의해 다 파헤쳐졌다.

쾌도비와 요령은 그들로부터 십오륙 장쯤 떨어진 소나무의 높은 나뭇가지에 나란히 서서 지켜보았다.

그들은 예건후와 백호궁 휘하의 고수 십여 명이었다. 예건후는 이곳을 발견한 팔신궁 하급고수의 설명을 심각한 표정으로 듣고 있는 모습이다.

아마 팔신궁은 대대적으로 수하들을 풀어서 담무군과 현무붕신들의 행적이나 혹은 시체를 찾던 중에 이곳을 발견한 모양이었다.

그날 쾌도비가 은조를 위협하느라 잘랐던 십여 그루의 아름드리 소나무가 송림 바닥에 흩어져 있는 것을 치우지 않은 것이 이상하게 여겨졌던 것 같았다.

"궁주. 이것은 소문으로 듣던 무정도의 수법입니다."

파헤쳐진 땅 옆에 나란히 늘어놓은 여섯 구의 시체를 살펴보던 고수 한 명이 예건후에게 공손히 보고하는 목소리가 쾌도비와 요령에게 들렸다.

무정도의 수법, 즉 천지무쌍쾌와 고금제일도는 강호에 워낙 잘 알려져 있다.

더구나 무정도를 제일의 적으로 여기고 있는 팔신궁이라
면 무정도에 대해서 모르는 것이 없을 것이다.

[령아, 저 끝에 있는 시체 빼돌릴 수 있겠느냐?]

쾌도비는 번뜩 뭔가 생각나서 여섯 구의 시체 중에 끝에 것
을 가리키며 요령에게 전음을 보냈다. 그 시체는 바로 은조가
지풍으로 죽인 것인데, 목 뒤에 나 있는 지풍의 흔적을 보면
여의루의 소행이라는 사실을 알아차리는 것은 시간문제이기
때문이다.

구우우… 구구구…….

요령이 입술을 모아서 괴이한 소리를 냈다. 그러나 그것은
밤새 소리와 흡사해서 이상하게 들리지 않았다.

맨 끝의 시체를 뚫어지게 주시하고 있던 쾌도비는 한순간
하늘에서 시커먼 그림자 같은 것이 번개같이 하강했다가 다
시 수직으로 상승하는 것을 흐릿하게 발견했다. 물론 그림자
가 사라진 후에는 그 자리에 있던 시체도 함께 사라졌다. 흑
신이 다녀간 것이다.

"앗! 시체 한 구가 사라졌습니다!"

그리고는 곧이어서 한바탕 소요가 벌어졌다. 모두 눈 똑바
로 뜨고 지켜보고 있는 중에 시체 한 구가 사라졌으니 당연한
일이다.

"즉시 주위를 수색해라!"

예건후의 명령에 고수들이 사방으로 쫙 흩어지며 쏘아갔다.

이곳에 있으면 위험하다고 판단한 쾌도비는 왼팔로 요령의 허리를 안고 오른팔의 공력을 순간적으로 두 발로 보내 나뭇가지를 박차며 수십 장 밤하늘 높이 솟아올랐다가 멀리 날아갔다.

[흑신더러 시체는 멀찌감치 갖다 버리라고 해라.]

쾌도비가 예건후가 있는 곳에서 백여 장 이상 떨어진 곳으로 하강하며 전음을 보내자 요령은 뭐가 좋은지 그의 가슴에 폭 안겨서 가슴을 만지작거리며 대답했다.

[그럴 필요 없어.]

[무슨 뜻이냐?]

[흑신이 벌써 먹어치웠을 거야.]

예건후의 일은 자정이 넘어서야 끝났다.

쾌도비와 요령은 시체를 담은 다섯 개의 관을 실은 수레를 몰고 팔신궁으로 돌아가고 있는 예건후와 그의 수하들을 멀찍이 미행했다.

예건후 일행이 앞으로 일각 후면 팔신궁에 도착할 텐데 쾌도비는 아직 어떻게 하면 좋을지 결정을 내리지 못했다.

그가 불쑥 예건후 앞에 나타나서 길을 가로막으며 잠깐 할 말이 있다고 하면 순순히 들어줄 리가 없다.

그렇다고 해서 그만 남겨두고 수하를 다 죽이는 것은 말이 안 된다.

전음으로 예건후만 슬쩍 불러내는 것도 말처럼 호락호락하지 않을 것이다.

그때 전방의 어둠 속에서 한 명의 고수가 경공술을 전개하여 빠른 속도로 다가오더니 멈춰서 예건후에게 공손히 예를 취했다.

"궁주. 대궁주의 호위고수가 말하기를, 대궁주께선 내일 정오 이후에 시신들을 보시겠다고 합니다."

"무슨 일이 있느냐?"

예건후는 팔신궁주, 즉 대궁주가 아들의 시신을 보는 것보다 더 급한 일이 무엇인지 궁금했다.

그는 담무군의 시체를 발견한 직후 수하를 팔신궁으로 먼저 보내 그 사실을 대궁주에게 알리도록 했었다.

"확실한 것은 아니지만… 대궁주께선 본궁에 계시지 않는 것 같습니다."

그 말을 들은 쾌도비는 여의루주가 내일 자금성에서 태자를 만나기로 한 사실이 반사적으로 떠올랐다.

현재 팔신궁주가 팔신궁에 없으며 아들의 시체를 내일 정오 이후에나 보겠다고 했기 때문이다.

팔신궁주가 태자를 만나는 일이라면 아들의 시체를 보는 것보다 중요할 수도 있다.

쾌도비는 하나의 가설을 세워보았다. 내일 태자는 여의루주와 팔신궁주를 동시에 만난다는 가설이다.

태자의 적은 천절문이다. 그렇다면 사신의 나머지 한 세력인 북황도가 빠질 리 없다.

그러므로 어쩌면 내일 태자는 여의루주와 팔신궁주, 북황도주를 모두 만나려는 것일지 모른다.

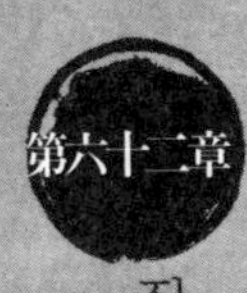

第六十二章

질풍지경초(疾風知勁草)

—거센 바람은 억센 풀을 알아본다

축시(丑時:새벽 2시경) 무렵. 예건후는 오랜만에 자신의 집
에 도착했다.

가족이 모두 잠들었을 것이라 여긴 그는 장원의 전문을 두드
리지 않고 담을 넘어 슬며시 자신의 거처인 전각으로 들어섰다.

밤에는 오랜만에 아내를 품어보고 아침 일찍 일어나서 아
이들을 볼 생각이다.

대궁주는 정오 무렵이 돼서야 시신들을 본다고 했으니까
시간은 넉넉하다.

끼이……

대전의 문을 열고 안으로 들어선 그는 등 뒤로 문을 닫고 아내가 잠들어 있을 침실 쪽으로 향하려다가 흠칫 그 자리에 굳었다.

대전을 들어서면 왼쪽이 거실인데 거실 정중앙에 있는 탁자 위에 놓인 찻잔에서 김이 모락모락 피어오르는 것을 발견한 것이다.

그리고 김 너머에 한 사람이 꼿꼿한 자세로 앉아 있는 것을 발견한 것은 그 직후다.

"웬 놈이냐?"

예건후는 와락 인상을 썼으나 발작하지 않고 나직하면서도 힘있는 목소리로 물었다.

집에 괴한이 미리 들어와서 앉아 있다는 것은 어쩌면 가족의 목숨이 그에게 달렸을지 모르는 일이라는 것을 직감적으로 느꼈기 때문이다.

"당신에게 몇 가지 물어볼 것이 있다."

예건후는 이 장 거리에 앉아 있는 복면의 사내가 매우 키가 크고 단단한 골격에 후리후리한 체구라는 것만 아니라 어쩌면 자신을 능가하는 고수일지도 모른다고 직감했다. 그에게서는 극강한 기도가 뿜어지고 있었다.

"내 가족은 어떻게 했느냐?"

"내 물음에 당신이 제대로 대답을 해준다면 그들은 무사할 것이다.”

예건후에게 얼굴을 보이지 말아야 할 것 같아서 급한 대로 요령에게서 얄팍한 천 하나를 건네받아 얼굴 아래쪽을 코까지만 가린 쾌도비는 턱으로 탁자 맞은편 의자를 가리키며 줄곧 조용한 목소리로 말했다.

“앉아라.”

슥—

예건후는 묵묵히 의자에 앉으면서도 쾌도비에게서 시선을 떼지 않았다.

탁자에는 두 잔의 차가 놓여 있으며 은은하고 익숙한 다향(茶香)으로 미루어 아내가 끓인 차가 분명하다고 예건후는 생각했다. 그렇다면 아내와 자식들은 아직 무사할 터이다.

예건후는 갑자기 목이 조이는 것 같은 느낌이 들었다. 정체불명의 사내가 자신의 집에 들어와서 아직 뜨거운 차 두 잔을 끓여놓고 기다리고 있다면, 자신의 일거수일투족을 훤하게 알고 있다는 뜻이다.

“내가 누군지 아느냐?”

예건후는 불을 뿜듯 이글거리는 눈빛으로 쾌도비를 쏘아보았다.

그의 말은 내가 누군지 알고 감히 이러는 것이냐고 으름장을 놓는 것이 아니라, 말 그대로 내가 누군지 아느냐고 묻는 것이다.

“팔신궁 백호궁주 예건후.”

“음.”

“양팔을 걷어라.”

쾌도비는 다짜고짜 명령했다.

스슥―

예건후는 왜 그러는지 영문도 모른 채 묵묵히 양쪽 팔소매를 걷었다.

그는 앞에 앉아 있는 인물이 이것저것 들먹이면서 위협을 하지 않는다는 사실에 더 압박을 느꼈다.

원래 빈 수레가 요란한 법이다. 이자처럼 위협을 하지 않을수록 더 위험하다는 것을 직감적으로 느꼈다.

만약 예건후가 자칫 말 한마디라도 잘못한다면 그것 때문에 가족 중 한 명이 다치거나 죽을 것이라는 섬뜩한 예감을 받았다.

쾌도비의 시선이 빠르게 예건후의 양팔을 훑었다.

그의 오른팔 손목에는 흑청사, 즉 무극사 문신이 뚜렷했으며 그 위 팔뚝에는 붕을 나타내는 독수리 문신이, 그리고 더 위에는 표를 뜻하는 표범 문신의 꼬리 부분이 보였다.

그리고 왼손 손목에 호랑이 문신이 있는 것으로 미루어 그 아래 등급인 웅, 곰 문신은 오른쪽 어깨에 새겨져 있을 것이라 짐작했다.

왼손에는 손목부터 차례로 호랑이와 봉, 그리고 용 문신이 새겨져 있었다.

그것은 그가 팔신궁 최하위 정예고수인 무극사신부터 차례로 등급을 밟아 올라 오늘날의 무적용신에 이르렀음을 나타내는 것이다.

하지만 쾌도비는 그런 것에는 추호도 관심이 없다. 그의 관심사는 오로지 예건후의 오른 손목에 무극사 문신이 있느냐는 것뿐이다. 그리고 그것을 확인했다.

쾌도비는 잠시 심호흡을 했다. 그로서는 누나가 죽은 이후부터 장장 오 년여 동안 추적했던 일을 이제 끝낼 수 있는 시점에 이르렀으므로 긴장하지 않을 수가 없다.

예건후는 상대가 몹시 긴장하고 있다는 사실을 감지했다. 그래서 그가 도대체 무엇 때문에 이러는 것인지 더욱 궁금해졌으나 묻지 않았다.

쾌도비는 단도직입적으로 불쑥 물었다.

"예지연을 아느냐?"

그러면서 눈을 깜빡이지도 않고 똑바로 예건후의 얼굴을 주시했다.

누나의 예지연이라는 이름을 듣고 그가 어떤 반응을 보이는지 하나도 놓치지 않으려는 것이다.

그런데 예건후는 쾌도비가 기대하고 있던 놀라거나 무관
심한 반응이 아니라 복잡한 표정을 지었다.

"모른다."

그리고는 딱 잘라서 대답했다.

"정말 모른다면 아마 살아 있는 네 가족을 만나기는 어려
울 것이다."

예건후의 얼굴이 일그러지면서 쥐어짜듯 웅얼거렸다.

"예지연은 모르지만… 지연이라는 이름은 알고 있다."

순간 쾌도비의 머리가 빠르게 회전했다. 사실 그는 누나에 대
해서 아는 것이 전혀 없다. 단지 이름 석 자만 알고 있을 뿐이다.

그런데 이제 보니 그녀의 이름 중에서 성씨도 제대로 된 것
이 아니었던 모양이다.

어쩌면 그녀는 예건후를 만난 이후라든가 아니면 그가 떠
난 후에 자신의 성을 버리고 예씨 성을 따랐을지도 모르는 일
이다.

"계속해라."

쾌도비의 눈빛이 차가워졌다.

"내가 오래전에 알고 있었던 지연이라는 여자의 성은 원래
태(泰)씨였었다."

태씨라면 누나는 태지연이고 쾌도비의 원래 이름은 태하
운이라는 것이다.

그러나 지나간 과거의 이름 따위야 어쨌든 상관없다. 누가 뭐래도 그는 쾌도비일 뿐이다.

분명해진 것은, 예건후가 쾌도비나 누나의 형제나 일가친척은 아니라는 사실이다.

쾌도비가 계속하라는 뜻으로 고개를 끄떡이자 비로소 예건후의 눈빛이 복잡하게 얽혀들었다.

"그녀는… 한때 내 여자였다."

"그녀를 만난 곳은 어디였으며 언제 만났다가 무엇 때문에 헤어졌느냐?"

"나는……."

이제 예건후는 눈빛만이 아니라 얼굴 표정 전체에 괴로움과 회한이 얼룩졌다.

"그녀를 만난 곳은 낙양이었으며… 지금으로부터 이십이 년 전에 만났었고 그로부터 이 년 후에 그녀를 떠났었다."

쾌도비의 머릿속에서 커다란 범종이 굉렬한 소리를 내면서 울려댔다.

"자식은 없었느냐?"

"내가 알기로는… 없었다. 그렇지만……."

"그렇지만?"

쾌도비는 눈빛이 사나워졌고 예건후는 더욱 괴로워했다.

"떠나기 며칠 전에 그녀가 헛구역질을 하는 것을 우연히 목격했었다. 어쩌면 그녀는 임신을 했었을지도 모른다. 그러나 나는 그녀를 떠날 수밖에 없었다.”

“어째서지?”

“나는 그 당시 팔신궁의 무극사신으로 낙양분궁에 파견되어 있었다. 하지만 기한이 다 되어 북경본궁으로 복귀하라는 명령을 받았다.”

“그렇다면 그녀를 데리고 함께 가면 되지 않았나?”

예건후의 눈빛이 크게 흔들렸다.

“나는… 북경에 아내와 딸이 있었다.”

“…….”

쾌도비는 움찔했다. 예건후가 방금 한 말로써 그는 모든 것을 다 알아버렸다.

예건후는 아내와 딸이 있는 몸으로 낙양분궁에 파견되어 와 있는 동안 예지연, 아니, 태지연을 만나서 재미 삼아서 한동안 사랑을 나누려고 살림을 차렸던 것이다.

그리고는 낙양분궁에서의 임무가 끝나자 임신한 태지연을 버리고 아내와 딸이 기다리고 있는 북경 팔신궁 본궁으로 돌아간 것이다.

“떠날 때 그녀는 어떤 모습이었느냐?”

쾌도비의 물음은 예건후의 심장을 후벼파는 것 같았다. 그는 탁자에 올린 두 주먹을 힘껏 움켜쥐고 어금니를 악물더니 이윽고 대답했다.

"그녀는 울면서 내게 매달렸다. 버리고 갈 바에는 자신을 죽이라고 흐느껴 울었다. 나는… 북경에 갔다가 이삼 년 후에 돌아오겠다고 거짓말로 그녀를 달랬다……."

"그런데 당신은 오지 않았지? 아니, 처음부터 올 생각 따윈 없었겠지?"

쾌도비는 그 당시에 누나는 임신을 했었고 예건후가 떠난 후에 혼자서 해산을 했을 것이라고 짐작했다.

그리고는 그 아이를 혼자 키우면서 이삼 년 후에 돌아올 예건후를 애타게 기다렸을 것이다.

그러나 예건후는 이삼 년 후에도, 그리고 그 후로도 끝내 돌아오지 않았다.

절망한 누나는 아이를 혼자 키우면서 피눈물을 흘리며 복수를 다짐했을 터이다.

자신과 아이의 성을 '예' 씨로 바꾸고 아비를 죽이기 위해서 자신의 몸을 더럽히면서까지 아들을 강하게 키운 것이다.

쾌도비는 모든 것을 다 알았다. 누나인 태지연은 그의 어머니였던 것이다.

"크흑……."

그는 몸을 부들부들 떨면서 어금니를 악물었는데 짓이기는 듯한 소리가 이빨 사이로 흘러나왔다.

예건후는 복면을 한 쾌도비의 두 눈에 눈물이 그렁그렁 고
여 있는 것을 발견했다.

"설마 너는……."

그는 뭔가 큰 충격을 받은 듯한 얼굴로 엉거주춤 일어서며
쾌도비를 가리켰다.

"너는… 지연의 아들이냐?"

퍽!

"아가리 닥쳐라!"

"윽!"

극도로 분노한 쾌도비는 벌떡 일어서며 탁자를 걷어찼고
예건후는 탁자를 안은 채 바닥에 나뒹굴었다.

쾌도비는 둥실 허공으로 몸을 날려 예건후에게 내려꽂히
면서 오른손을 쳐들었다.

후웅!

순간 그의 오른손 장심에서 폭발하는 듯한 강기가 뿜어졌다.

쓰러진 채 쾌도비를 보고 있는 예건후는 크게 놀라는 표정
이었으나 곧 체념한 듯 눈을 감았다.

꽝!

쾌도비가 발출한 강기가 적중되면서 폭음을 터뜨렸다.

눈을 뜬 예건후는 자신의 머리 옆 바닥에 구멍이 뻥 뚫려
있는 것을 발견하고는 앞쪽에 장승처럼 우뚝 서 있는 쾌도비

를 올려다보았다.

"너……."

"그녀는 나의 누나다."

"아……."

쾌도비가 으르렁거리듯 말하자 예건후는 암담한 표정을
지었다가 자세를 똑바로 해서 앉고 나서 물었다.

"그녀는 잘 있느냐?"

"오 년 전에 죽었다."

그녀의 삶은 너무도 기구했으며 죽음은 피맺힌 한이 서렸
으나 그녀가 죽었다는 말은 간단했다.

"음……."

예건후의 얼굴에 충격과 슬픔이 회오리쳤다.

쾌도비는 그를 굽어보며 씹어뱉었다.

"그녀는 당신을 찾아서 죽이라는 유언을 남겼다."

예건후는 착잡한 표정으로 물끄러미 쾌도비를 바라보다가
고개를 숙였다.

"그렇다면 너는 나를 죽여라."

쾌도비는 그가 누나를 진심으로 사랑했었으며 아직도 사
랑하고 있다는 것을 그의 행동을 보고 느꼈다.

그를 죽이는 것이 누나의 유언이었다. 그리고 이제 쾌도비
가 그를 죽이면 오랜 숙원을 푸는 것이며 비로소 자유로운 영

혼이 될 것이다.

그렇지만 또 다른 사슬이 쾌도비를 옭아맬 것이다. 그것은 친아버지를 죽였다는 저주의 사슬이다.

그렇다. 예건후는 쾌도비의 친아버지인 것이다. 그것은 정녕코 부정할 수 없는 사실이다.

쾌도비가 예건후의 장원을 나오자 요령이 쪼르르 달려와 팔짱을 끼면서 물었다.

"그놈 죽였어?"

쾌도비가 침묵을 지키며 묵묵히 걷기만 하자 요령은 배시시 미소 지었다.

"죽였구나? 잘했어."

그녀는 쾌도비의 팔을 잡아끌었다.

"가서 오늘은 술이나 진탕 퍼마시자."

슥―

"그거나 줘. 아랫도리가 서늘해서 기분이 이상해."

요령은 손을 뻗어 쾌도비가 얼굴을 가리고 있는 천을 낚아채더니 돌아섰다.

"뭘 하는 것이냐?"

요령은 바지를 내리고 뒤적거리면서 대꾸했다.

"뭘 하긴? 당신에게 빌려줬던 속곳을 다시 입어야 할 것 아니겠어?"

쾌도비는 누나의 오랜 숙원을 푸는 동안 줄곧 요령의 속곳을 얼굴에 쓰고 있었던 것이다.

쾌도비와 요령이 도착할 때까지 은조는 자지 않고 기다리고 있었다.

요령은 쾌도비와 요령이 무슨 일로 예건후에게 갔었는지 모르고 있다. 그녀는 쾌도비의 신세에 대해서 아는 것이 전혀 없기 때문이다.

은조의 거처에 들어선 요령은 다짜고짜 술을 가져오라고 수선을 피웠으며 은조는 하녀들에게 술상을 차려오라고 지시했다.

인시(寅時:새벽 4시경)가 다 되어가는 시각에 쾌도비와 요령, 은조는 탁자에 둘러앉아 술을 마시기 시작했다.

쾌도비는 기분이 더럽고 또 착잡해서 입에 쏟아붓듯이 마셔댔고, 요령은 원래 술을 좋아하니까 질세라 들이부었으며, 은조는 두 사람이 퍼마시는 바람에 덩달아 쉴 새 없이 마셔댔다.

"팔신궁 백호궁주 예건후하고 무슨 일이 있었나요?"

병으로 나오던 술이 항아리로 바뀌고 나서야 은조는 한숨 돌리면서 물었다.

"그건 말이야……"

묵묵히 술만 마시고 있는 쾌도비를 대신해서 요령이 설명을 시작했고 쾌도비는 말라지 않았다.

"아……."

요령의 장황하면서도 앞뒤가 잘 맞지 않는 설명을 나름대로 총명하게 해석하면서 다 듣고 난 은조는 놀라운 탄성을 흘렸다.

쾌도비의 신세가 그토록 비참하고 기구할 줄은 예상하지 못했었기 때문이다.

은조는 새삼스럽게 안타까운 눈빛으로 쾌도비를 바라보았다. 그의 헌앙한 모습과 흠잡을 데 없는 언행, 놀라운 무공으로 봤을 때는 영락없는 명문대가의 자손이라고 생각했었는데, 사실은 세상의 가장 밑바닥 신세였다니 추호도 예상하지 못했었다.

쾌도비는 취기가 오른 얼굴로 요령을 쳐다보았다.

"너는 그런 사실을 어떻게 알았느냐?"

그는 자신의 신세에 대해서 오직 한 사람 주소옥에게만 말해주었었다.

"소옥 언니가 말해줬어."

요령은 대수롭지 않게 대답했다.

"소옥이 말이냐?"

"그래. 난 천절문에 들어가서 소옥 언니를 여러 번 만났었어. 그때 들었어."

주소옥 얘기가 나오자 쾌도비는 술 마시기를 멈추고 게슴
츠레하던 눈에 생기가 돌며 요령을 바라보았다.

"그랬었구나. 그녀는 잘 있더냐?"

"으… 응."

"똑바로 말해라."

거짓말을 못하는 요령이 대답을 뭉뚱그리자 쾌도비는 짐
짓 무서운 표정을 지었다.

"소옥 언니는… 혼자 있을 때는 남몰래 울기만 했어."

쾌도비는 움찔하며 자세를 똑바로 했다.

"무슨 일이 있었느냐? 영호승이 그녀를 괴롭히더냐?"

"그게 아니라…….."

"어서 말해라!"

"아… 아파."

쾌도비가 손으로 거칠게 어깨를 움켜잡고 흔들자 요령은
눈물을 찔끔 흘리면서 간신히 대답했다.

"당신이 보고 싶어서 우는 거야… 눈에 진물이 나도록 매
일 울어… 보는 것만으로도 지겨워 죽겠어…….."

쾌도비는 충격을 받은 듯 요령의 어깨를 놓으며 멍한 표정
을 지었다.

그녀의 말을 듣는 순간 그는 가슴이 짓이겨지는 듯한 고통
을 느꼈다.

　예상했던 일이지만 주소옥의 그런 모습을 막상 요령을 통해서 듣게 되니까 주체하기 어려운 고통과 슬픔이 파도처럼 밀려들었다.

　그러나 그녀의 슬픔을 달래주기 위해서 그가 할 수 있는 일은 하나도 없다.

　그가 괴롭고 슬픈 것처럼 그녀 역시 그래야 하는 것은 필연적 운명이다.

　이렇게 서로에게 고통을 안겨줄 것이라고 진작 알았더라면 두 사람은 서로 사랑하지 말았어야만 했다.

　"내가 언니를 데리고 올까?"

　두 사람이 괴로워하는 것을 두루 겪은 요령은 자신이 할 수 있는 최선의 방법을 내놓았다.

　"지금 출발하면 정오쯤이면 돌아올 수 있을 거야. 응? 소옥 언니를 당신에게 데려다줄까?"

　흑신을 타고 다녀오면 가능한 일이다. 하지만 이제 와서 그녀를 데리고 올 것이었다면 애당초 그녀를 천절문에 들여보내지도 않았을 것이다.

　"됐다. 술이나 마시자."

　"나도 당신이 이러는 거 보는 게 괴로워. 남령부 따위가 다 뭐야? 서로 사랑하는데 같이 있어야지."

　요령은 눈물을 흘리면서 억지를 부렸다. 그러나 그것은 억지가 아니라 단순한 그녀의 진리다.

그녀는 양아버지인 남령왕으로부터 쾌도비의 아내가 되라는 서찰을 받았었다.

그리고 그 얘기를 들은 주소옥은 진심으로 축복하면서 쾌도비에 대한 모든 얘기를 다 해주었다.

그런데도 요령은 쾌도비와 주소옥 사이에 비집고 들어갈 틈을 찾지 못했다.

두 사람이 이토록 서로를 사랑하고 있는데 쾌도비를 자신의 지아비로 맞이해야 한다는 것이 죄를 짓는 것 같았다.

그래서 그녀는 남령왕의 명령 아닌 명령을 아직 시작조차 하지 못하고 있다.

그의 곁에서 그를 보고 있노라면 없는 정도 새록새록 생겼다. 그는 어느 여자라도 사랑하지 않고는 배길 수 없는 그런 멋진 사내다.

그와 함께 있는 동안 요령은 어느새 그를 흠뻑 사랑하게 돼버렸지만 그저 벙어리 냉가슴 앓듯 혼자서만 가슴앓이를 하고 있을 뿐이다.

*　　　*　　　*

자금성.

태자 주청운 앞에 세 사람이 단정한 자세로 서 있다.

주청운 앞에 나란히 서 있는 세 사람은 좌로부터 팔신궁주 무황천신과 여의루주 여의천후(如意天后), 그리고 북황도주인 북천절(北天絶)이다.

태자 주청운은 단상의 태사의에 느긋하게 앉아 있고 옆에는 동생 주우명이 우뚝 서 있으며, 좌우에는 황궁고수들이 삼엄하게 늘어서 있다.

하지만 이곳이 자금성 한복판이고 황궁고수들이 득실거린다고 해도 나란히 서 있는 세 개의 하늘이 뿜어내는 기도와 위세를 이기지는 못했다.

주청운은 세 사람을 찬찬히 훑어본 후에 이윽고 묵직하게 말문을 열었다.

"거두절미하고 본론만 말하겠소."

이제 곧 하게 될 말 때문에 주청운 자신도 매우 긴장한 모습이다.

"황궁의 목적은 네 개요. 첫째는 자봉공주를 죽이는 것. 둘째는 무정도를 처단하는 것. 셋째는 남령부를 몰살시키는 것. 그리고 마지막 넷째는 천절문을 멸문시키는 것이오."

자봉공주를 죽이면 자동적으로 남령부와 천절문의 혼사 자체가 무산된다.

황제의 딸이며 주청운과 주우명의 하나뿐인 여동생 보현

공주를 죽인 무정도는 어떤 이유로든 용서할 수 없다. 반드시 잡아서 죽여야만 한다.

남령부가 존재하는 한 황궁은 끝없이 위협을 받게 될 것이며 황제 이하 황족들은 다리를 뻗고 편히 지낼 수가 없을 터이니 반드시 괴멸시켜야만 한다.

천절문이 사라진다면 남령부는 기댈 곳이 없으므로 자연히 혼사는 무산된다.

주청운의 말이 이어졌다.

"자봉공주를 죽이는 것과 남령부를 괴멸시키는 것, 천절문을 멸문시키는 것은 한 묶음이오. 그중에 어느 하나라도 성공한다면 세 가지 목적을 다 성공시킨 것이나 같소."

딴은 그렇다. 자봉공주가 죽거나, 남령부가 괴멸되거나, 천절문이 멸문을 당하면 남령부와 천절문의 혼사와 동조 자체가 와해될 것이기 때문이다.

"그러므로 이 일은 크게 두 가지로 볼 수 있소. 자봉공주의 일과 무정도요."

창으로 찔러도 들어갈 것 같지 않은 단단한 체구에 한 뼘 길이의 반백 수염을 기른 팔신궁주 무황천신은 이미 황궁의 일을 하고 있으므로 고개를 끄떡이며 수궁의 뜻을 표하고 있다.

반면에 오십대 초반의 나이면서도 중년 미부의 아리따운 자태를 유지하고 있는 여의루주 여의천후와 키가 매우 크고

장대한 체구에 관운장처럼 긴 수염을 기른 용맹한 풍모의 북
황도주 북천절은 들으나 마나한 소리라는 듯이 시큰둥한 표
정이다.

주청운은 흔들림 없이 굳건하지만 흐릿한 미소를 지으며
말했다.

"만약 세 분 중에서 한 분이라도 내 제안을 거절한다면 대
명제국은 강호와 전쟁을 불사할 것이오."

그의 말에 세 사람은 움찔 안색이 변했다. 그리고 여의천후와
북천절은 서로의 얼굴을 쳐다보고 나서 주청운을 쳐다보았다.

"나는 이미 오십만 대군과 삼십만 대군을 각각 낙양과 곤
명으로 진군시켰소. 이제 세 분의 대답 여하에 따라서 총 팔
십만 대군이 천절문과 남령부를 공격하느냐 마느냐가 결정될
것이오."

수천 년 동안 대륙에 수많은 국가가 세워지고 또 멸망해 갔
으나 국가와 강호가 전쟁을 벌였던 경우는 일찍이 단 한 번도
없었다.

그런데 주청운은 자봉공주와 무정도를 죽이기 위해서 유
사 이래 없었던 그 일을 과감히 단행하려는 것이다.

"강호에는 천절문만 존재하는 것이 아니오. 자! 이제 대답
하시오. 천절문을 쳐서 강호를 구하겠소? 아니면 천절문과
함께 불구덩이에 파묻히겠소?"

강호가 제아무리 강하다고 해도 대명제국을 상대로 싸울
수는 없다. 그것은 누구에게 물어도 강호의 백전백패다.

그러나 문제는 전쟁으로 야기될 참혹한 결과다. 전쟁이 끝
나면 강호는 일패도지의 돌이킬 수 없는 처참한 상황으로 변
할 것이고, 대명제국은 승리했다고 해도 갈가리 찢긴 상처투
성이 승리가 될 것이다.

모르긴 해도 대명제국은 전력의 절반 이상을 잃게 될 터이
고, 그때를 노려서 호시탐탐 기회만을 노리던 주변국들이 일
거에 침공한다면 대명제국은 지리멸렬 패망하고 말 것은 주
지의 사실이다.

그런데 주청운은 그런 상황을 각오하면서까지 강호와 전
쟁을 벌이려는 것이다.

조금 전까지만 해도 속으로 냉소를 치고 있던 여의천후와
북천절은 무거운 표정으로 침묵만 지켰다.

주청운이 거짓말을 하는 것 같지는 않았다. 낙양과 곤명으
로 각각 오십만과 삼십만 대군을 보냈다는 것은 여의천후와
북천절이 자금성에서 나가기만 하면 즉시 확인할 수 있는 일
이니 거짓말을 할 리가 없다.

주청운과 주우명은 묵묵히 세 사람을 굽어보며 내심으로
는 회심의 미소를 지었다.

낙양으로 오십만 대군을, 그리고 곤명으로 삼십만 대군을

보낸 것은 분명한 사실이다.

하지만 강호와 전쟁을 할 계획은 추호도 없다. 그랬다가 대명제국 전체를 잃어버릴 것이기 때문이다.

문제는 이곳에 있는 삼신(三神)의 우두머리들을 궁지로 몰아넣는 것이다. 이들은 결국 주청운의 요구를 수락할 수밖에 없을 터이다. 천절문보다는 강호 전체의 안위가 더 중요할 테니까 말이다.

"전하."

열 호흡의 침묵이 흐른 후에 팔신궁주 무황천신이 무겁게 입을 열었다.

"제가 천절문을 쳐서 자봉공주를 죽이고 천절문을 멸문시키겠습니다."

주청운은 담담히 고개를 끄떡였다.

"그 일의 성패 여부를 떠나서 나는 그대에게 일 년간 염전권을 약속하겠소."

사실 무황천신은 어젯밤에 자금성에 들어와 주청운과 긴밀한 회합을 가졌었다. 물론 조금 전에 주청운이 한 말을 그는 어젯밤에 미리 들었다. 그렇지만 주청운이 진짜 강호와 전쟁을 일으킬 것이라고만 믿고 있을 뿐 그의 음흉한 속셈은 전혀 모르고 있다.

주청운은 여의천후를 굽어보았다.

"여의천후, 그대는 무정도를 죽여주시오. 그리하면 천하의 곡전권(穀專權)을 일 년간 할양하겠소."

그는 여의천후가 움찔 놀라는 것을 무시한 채 이번에는 북천절에게 말했다.

"북천절께선 남령부를 쓸어버리시오. 그 대가로 대륙의 수전권(水專權)을 일 년 동안 맡기겠소."

여의천후와 북천절은 아무 말도 하지 못하고 억눌린 듯한 표정으로 주청운을 바라보았다.

＊　　　＊　　　＊

자금성을 나선 여의천후와 북천절은 곧장 은조가 머물고 있는 장원으로 향했다.

태자와의 대화는 길지 않았다. 회합이 아니라 주청운의 일방적인 선포였기에 얘기가 길어질 이유가 없었다.

여의천후와 북천절이 완평현 영정하 강가의 장원에 도착한 것은 사시(巳時:오전 10시경) 무렵이다.

두 사람은 평소 친분이 두텁지 않지만 조금 전 주청운의 일방적인 선언에 대해서 상의하기 위해서 같이 이곳에 온 것이다.

"조아는 어디에 있느냐?"

예정된 시간보다 일찍 들이닥친 여의천후의 호통에 여의

사령은 혼비백산했다.

"여기냐?"

여의천후는 안내하는 여의사령보다 몇 걸음 빠르게 어느 문 앞에 당도했다.

확!

여의사령이 어쩔 줄 모르고 전전긍긍하고 있을 때 여의천후는 거침없이 문을 활짝 열어젖혔다.

그리고는 그곳 커다란 침상에 일남이녀가 한 덩어리가 되어 뒤엉켜서 자고 있는 광경을 발견했다.

침상의 일남이녀는 동이 틀 때까지 곤죽이 되도록 술을 마시고 뻗어버린 쾌도비와 은조, 요령이었다.

은조와 요령은 가운데 누워 있는 쾌도비를 양쪽에서 얼싸안은 채 죽은 듯이 자고 있었다.

침상 위의 참상을 쏘아보는 여의천후의 얼굴이 보기 싫게 일그러졌으며, 그 옆에 서 있는 북천절은 빙그레 의미심장한 미소를 지었다.

『무정도』 7권에 계속…

조돈형 新무협 판타지 소설

『궁귀검신』, 『마도십병』, 『운룡쟁천』의
작가 **조돈형**
그가 장강의 사나이들과 함께 돌아왔다!

굽이쳐 흐르는 거대한 장강의 흐름 속에서
선혈처럼 피어나 유성처럼 지는 사내들의 향취!

장강삼협(長江三峽)!

하늘 아래 누구보다 올곧았던 아버지의 시신을 이끌고
고향으로 돌아온 유대웅을 기다리고 있던 것은
천오백 년의 시공을 뛰어넘은 패왕(霸王)의 무(武)와 검(劍)!

패왕칠검(霸王七劍)과 팔뢰진천(八雷振天)의 무위 아래
천하제일검(天下第一劍)으로 우뚝 선 한 소년의 일대기!

장강의 수류는 대륙을 가로질러
이윽고 역사가 된다!

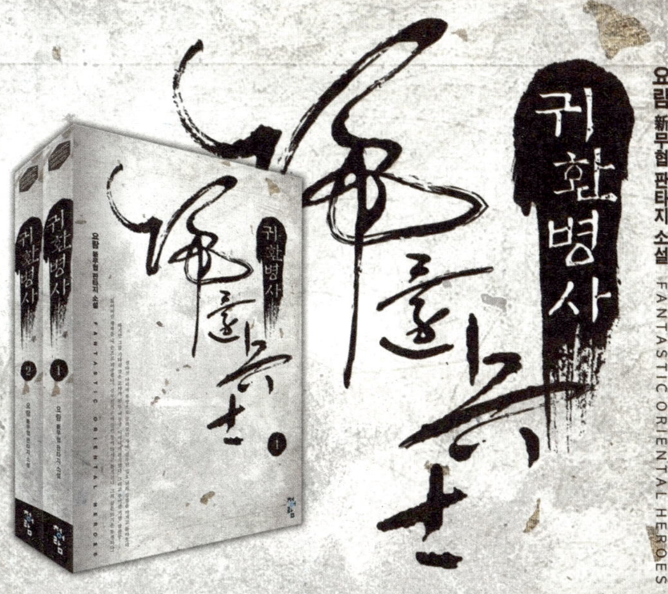
요람 新무협 판타지 소설
FANTASTIC ORIENTAL HEROES
귀환병사